仁の道

JIN no MICHI

Kaminogi Shun

神乃木 俊 著

鉱脈文庫
ふみくら
30

仁の道

いつもなにかに追われている。

点滴オーダーや執刀時間、はたまた学生指導や論文作成。果たすべき課題は山のように蓄積し、ひとつひとつ片づけているあいだにも複数の案件が怒濤《どとう》のように舞いこんでくる。

けれども手をこまねいている暇はなかった。カルテに刻まれた名前は消えやすく、時計の針は待ってくれない。耳を澄ますと悲しい叫びが聞こえ、かよわき視線が言葉にならない想いを訴える。

明日が運ばれてくる保証などないこの世界で、非力な私は己に厳しさを求めた。自分自身の無知でだれかが傷つくのを激しく恐れた。

要するに私は臆病だったのだ。おかげで感謝されることもあったが、どこか堅苦しさがつきまとうことも自覚していた。

これぱかりはどうにも治らなかったし、そもそも治したいのかもはなはだ疑問だ。

いずれにせよ。私の性分から生まれてくる実感はこうだ。
いつもなにかに追われている。

一

「それではお大事に」

患者の背中を見送り、そのまま外来診察室でゆるみきった風船のように休憩すること数秒。白衣の袖をまくり、腕時計を覗いたところでため息が漏れた。予定より一時間近く押している。このままでは医局会議に間に合わない。急がないと。

弾みをつけるように新規外来患者のボタンをクリックする。残すはあと一人。最後の患者のカルテを開こうとしてマウスを操作する右手が止まった。

蓮池《はすいけ》　柳太郎《りゅうたろう》。七十八歳、男性。

既知の名前が画面に表示され、『脳動脈瘤』の不吉な診断名が続く。スタンドに置かれたクリアファイルに手を伸ばして、透けている顔写真をじっと覗きこむ。褐色な肌に骨張った輪郭《りんかく》。豪快さを感じさせる眉。カメラを仇のように睨《にら》む双眸《そうぼう》。同姓同名の他人というあわい期待は打ち砕かれる。

「……なんで」

動揺を隠しきれないままに、前医から送られた紹介状をさらっていく。

患者は生来健康で通院歴なし。先月末の人間ドックにて、左の中大脳動脈分枝部と呼ばれる比較的おおきな脳血管の合流部に腫瘤が発見された。ご本人には脳動脈瘤の説明はなされており、詳しい検査と治療のために来院されたという。

クリアファイルにはCDロムが添付してあった。パソコンの読みこみが遅いことに苛立ちながら、やっとのことで取りこまれた画像をスクリーン全体に展開する。そこにはいつ破裂してもおかしくない脳動脈瘤が、不気味な陰影でありありと浮かびあがっていた。脳天を金槌で叩かれたような衝撃が走る。私はゴクリと唾を飲みこんだ。腫瘍径がかなり大きい。これは近日中に手術が必要になるかもしれない。話すべき算段をどうにかこうにか組み立てた後で、スタンドマイクに乾いた口元を近づけた。

「次の方、どうぞ」

やがてモスグリーンのスライド扉が勢いよく開き、緊張した面持ちの蓮池さんが入室して来た。いつもの作業服とは違い、灰色のポロシャツにチノパンを穿《は》いている。首元には近所の温泉の名前が書かれたタオルを捲いていた。

蓮池さんは担当医が私だと知って目を瞬《しばたた》かせた。

「なんじゃ、先崎《せんざき》先生か」

「お久しぶりです。いつもお世話になっています」

「まさか、こんな偶然があるとはのう」

蓮池さんは目尻の皺《しわ》を深めながら会釈すると、患者用の丸椅子にドスンと腰かけた。

躊躇のない動作に私の心臓が不規則に脈打つ。こうして対面する限りでは健全に見える。けれどもその頭蓋内を顕微鏡で覗いてみれば、いつ破裂するかもしれない脳動脈瘤が時限爆弾のように息を潜めているわけだ。

あまりの落差に遠近感が狂いそうになるものの、まずは手始めにアイスブレイクで距離を詰めることにする。なにごとも信頼なくしては一歩も前に進めない。

「今日は作業服ではないのですね」

「うるさいのう。儂《わし》はいつもどおりがよかったんじゃが、『外様に出かけるのに作業服じゃいかん』と家内がしつこかったんじゃ」

その後もぶつぶつと家族の不満を零《こぼ》す蓮池さん。一見する限りにおいては、近所を散策していればすぐに出逢えるような、そんなありふれた人物に映る。けれども侮ることなかれ、蓮池さんは宮崎県の伝統工芸士にも認定されている高名な弓職人なのだ。

私が大学時代に弓道部主将を務めていた折、新入生の袴や矢を購入する際にお世話になったこともあり、改まって自己紹介せずとも信頼が互いに根付いていた。もっとも、こんな形での邂逅《かいこう》を望んでいたわけではないけれど。

「すごくお似合いですけどね」

「せからしか。さっさと診察を始めてくれんね」

ぶっきらぼうな物言いにもどこか硬さが残っていて、弓具店での泰然自若《たいぜんじじゃく》とした蓮池さんを想えば別人のようだ。私はひとつ咳払いして病状説明に移る。

脳動脈瘤という病気は、くも膜下出血や脳内出血などの命に関わる病気の前触れとされている。血管壁の一部が瘤《こぶ》のようにふくれあがって一度《ひとたび》破けると、スポンジのようにやわらかい脳実質を押し広げて出血していく。脳が押されることで呼吸中枢が障害され、最悪の場合は命を落とす。一命を取り留めたとしても運動麻痺や認知症、あるいは失語症などの後遺症が残ることもある。

けして愉快な話ではなかったが、蓮池さんは熱心に頷いてくれた。私の説明にも自然と熱が帯びる。

「脳動脈瘤からの出血は、手術と血圧コントロールで未然に防ぐことができます」

開頭手術にて頭蓋骨を開いて瘤をクリップで止める。あるいは大腿動脈からカテーテルという細い管を進めてコイルで埋める。そこに降圧剤を内服すれば出血の危険はさらに低下する。

まっさらなA4印刷紙を塗り潰しながら説明を畳み掛けていく。

「医学の世界は日進月歩です。薬も医療器具もどんどん改善され、安全に治療することができるようになってきています」

「いろいろな治療があるものじゃのう」

反応は上々といったところで、スムーズな運びに手応えを感じていた。

やがて私は画像検査と手術を行う予定日、そしてその期間に内服する降圧薬の種類と容量を提示する。

「もしよろしければ画像検査を再度行わせてください。前回と比べて、どのくらい腫瘤がおおきくなっているかをたしかめたいので」

「よろしく頼むわ」

画像撮影の同意書にサインを頂くことはできた。しかし治療に関しての同意書の段になり、予想外の反応が返ってきた。

「検査はするが治療はよかよ。薬もいらんし手術も御免だわ」

滞《とどこお》りなく進んでいた流れ。それが急に堰《せ》き止められて途絶えてしまう。思わず自分の耳を疑った。治療はしないのに検査だけ希望するなんて、どういうつもりだろう。蓮池さんの意図がはかりかねた。なにかの間違いだろうと私は高を括った。気が動転していて正常な判断ができていないのかもしれない。

生死に関わる脳外科領域では、よくあることだ。

「ですが蓮池さん。あなたの抱える脳動脈瘤は危険な状態です。手術を選択された方が安心ですよ」

「手術はいいわ。こんままでいい」

取りつく島のないように断言されてしまう。そこにためらいの色はなく、蒸し返してくれるなというようなきっぱりとした口調だった。

「親にもらった身体じゃ、自然のまんまが一番よ。もしもこの先、そのなんたら瘤のせいでぽっくりいったとしても、天命じゃろうて」

「天命、ですか」

「ああ、そうじゃ」

思わぬ展開に二の足を踏む私だったが、このまま「はい、そうですか」と引き下がるわけにはいかなかったので、切り口を変えて説得を試みる。

「蓮池さん、すこし落ち着きましょう。もしもあなたに不幸があったのなら、奥さんや息子さんはどう思われるでしょうか。防ぐことのできる病気で最愛の人を失ったら」

自分自身に対して無頓着《むとんちゃく》でも、家族を引き合いに出されて怯《ひる》まない者はいない。予想したとおりに蓮池さんの気勢は幾分《いくぶん》か削《そ》がれた。けれども最後には静けさと荒々しさを併せもつ嵐のような視線で私を見据えた。

「家族には病気のことは伏せておる。先生の立場もあるじゃろうが、ここはひとつ内密に頼むな。検査だけ。検査だけよろしく頼むわ」

ここまで食い下がられるのは初めてのことで、いつもなら二発、三発と用意している説得の隠し弾も、咄嗟のことで出てこない。

「……ですが」

「後生の頼みじゃ。儂と一蓮托生《いちれんたくしょう》してくれや」

これは一体、どうしたものだろうか。

脳外科医としての務めと患者の希望、そして個人的な想いが溶けあうことなく対立している。言葉の接ぎ穂を失った私は、カルテへ逃げる以外に打つ手がなかった。

私が勤務する宮崎大学医学部附属病院は、重症患者を扱う県内最大級の第三次病院だ。

県内の医療を支える最後の砦として日夜稼働しており、救命が難しい患者の治療を引き受けている。蓮池さんのように症状もなく元気な場合、緊急手術ではなく待機的な手術で日程を組む。実際に手術するまでに一カ月以上、命に関わらない場合は三カ月以上先の予約になることもざらにある。臨床現場は戦場でありながらも、医学教育と研究機関という役目も担っているので、毎日は光陰矢の如く過ぎていくわけだ。

検査はするが手術は行わないという蓮池さんの希望。

時間ぎりぎりまで粘ったものの最後まで真意に触れることが叶わなかった私は、今回の件は自分の手に余ると判断した。医局会議が閉会して、みなが三々五々に散っていくなかで上級医にお伺いを立てることにした。だがあと一歩のところで思わぬ横槍が入る。

「先崎先生」

「はい」

私の行く道を遮ってきたのは、ぶ厚い医学書を片手に携えた後輩の森上《もりかみ》だった。

「先崎先生。来年の慰安旅行の件ですが、どこかオススメはありますか」

「えっと。急にどうしたのかな」

「嫌だなぁ、先崎先生。ご存じのとおり、さっきの医局会議で俺が慰安旅行を計画することに決まったじゃないですか。うちの慰安旅行は家族連れが多いですから、早めに先方に打診しないと予約が取れないんですよ」

森上は今年の春に働き始めた医師歴三年目の新入局員だ。浅黒い肌でニカっと笑顔を咲かせ、竹を割ったような性格は宮崎県人代表のようでもある。社会人ラグビーで鍛えている肉体は白衣越しでも躍動《やくどう》していて、見た目も中身も体育会系の好青年であることには違いないが、やや威圧的な感じを受けてしまうのも事実だった。

「配られた資料を見ても理解できなかったので、慰安旅行を計画したかつての先輩方に意見をもらおうかなと思ったんですよね」

そういう事情だったか。森上の用件は理解できたものの、生憎蓮池さんの一件があったので、すぐに対応することは難しかった。申し訳ないが後回しにさせてもらうことにした。仕事は優先順位を付けないと、大事な案件が埋もれてしまう。

「分かった。それなら後で話をしよう」

「あ、もしかしてお忙しかったですか」

「そうだね。すこし困った案件があって」

「おーい、森上。なにやっているんだ」そこで医局員の一人が森上の肩を叩いた。

「さっさとスタッフステーションに集合しろ。教授が遅いってカンカンだぞ」

その医局員は森上が話している相手が私だと知ると、にこやかだった表情を引っこめて「おつかれさまです」と儀礼的に呟いた。私も曖昧に会釈を返す。あいだに挟まれている森上はどこ吹く風で、「いっけねぇ」と短く刈りこまれた頭を掻《か》いた。

「今日は回診があったんでしたね。それじゃあ先崎先生、またの機会でお願いします」

ふたりはがやがやと騒ぐようにして医局を後にした。居心地の悪さから解放されて思わずほっとする。だがすぐに気を引き締め直し、ソファで英語論文を読んでいる人物の傍《かたわら》に膝を曲げた。

「葛西准教授。今はお手隙でしょうか」

「なんだ」

お伺いを立てたのは意識と脳血管領域の権威である葛西准教授だった。

豊かな無精髭《ぶしょうひげ》と独特の風貌で一際眼を引くが、判断に困る症例やなかなかうまくいかない論文作成などに的確なアドバイスをくれ、曲者揃いの脳神経外科医を影でまとめる立役者でもある。

「本日の外来の件で、ご相談があるのですが」

「おまえから相談とは珍しいな。運営会議までの合間であれば話を聞こう」

「ありがとうございます。なるべく手短にしますので」

相談室まで御同行いただき、蓮池さんの脳血管画像を供覧《きょうらん》しながら経緯を説明する。葛西准教授は説明に耳を澄ませながら顎髭を弄《もてあそ》んでいた。肩にぶらさげた聴診器がふり子のように揺れる。

「ふむ。なかなか一筋縄でいかないようだな」

「そうなんです。患者の理解は良好で、放置する危険性も十分に把握しておられるのですが手術には消極的でして。降圧薬の内服にこぎつけるだけでも一苦労でした」

「次の診察予約は取ったか」

「ええ、なんとか」

「それならば手術の必要性について、時間を掛けて説いていくしかないいな」

葛西准教授はクリーム色の机に頬杖をつきながら、横にあったホワイトボードを睨む。だれかの説明書きだろうか、脳腫瘍手術の合併症について苦心したであろう説明書きが残されていた。

「蓮池殿の意思が変わらないのなら手出しできん。患者の同意なき医療は成立しない」

「もちろんです」

私は深く頷いた。それは医療法に記載されているインフォームド・コンセントに関わる問題だ。緊急性が高く即刻の治療が望まれる場合を除き、たとえ医師が地面に頭を擦りつけて頼んでも、患者が治療を希望しなければ治療できないというもの。今回の案件も緊急手術の適応とはいえず、蓮池さんの心変わりを期待するしかなかった。

「しかし、妙な話だ」葛西准教授がぽつりと零す。

「なぜ人間ドックなのだろうな」

「私も、それを不思議に思っていました」

一刻前に交わした会話が蘇る。そうだ。冷静に振り返ってみれば、この話は初めからおかしかった。

脳動脈瘤が発見される場合、頭痛や視野異常が出現するか偶然の画像検査で発見される場合が多い。ところが蓮池さんはこれまでろくに健康診断を受けていなかった。それにも関わらず、時間も費用も掛かる人間ドックをピンポイントで受診して脳動脈瘤が発見されている。まるで自分に脳動脈瘤があるのを知っていたかのように。あまりに話が出来すぎている。葛西准教授は慎重な口ぶりで言う。

「私たち医師ができることは客観的事実を整理して積みあげていくことだけだ。『オッカムの剃刀』のように、下手な仮説で推論を導くことは避けるべきだろう。けれどももしかしたら、これがなにかの手がかりかもしれん」

葛西准教授が私に提示したもの。それは看護師によって記載された患者記録だった。

現在の健康状態と家族背景が記されており、樹木のように連なる家系図を遡《さかのぼ》ってみると、ほとんどの家族が脳血管障害で不幸に見舞われている事実が浮かびあがってきた。

直近では数カ月前に実の兄に斜線が引かれている。死因は『くも膜下出血』。脳動脈瘤が破裂した可能性が高い。葛西准教授は愛用のG-SHOCKで時間を確認すると席を立った。

「遺伝的素因は分からないが血管リスクが高い一族のようだ。しかし先崎。こんな初歩的な要件を見落とすとは、おまえらしくない」

冷たい汗が背中のくぼみをなぞるようにして流れた。今回の案件で、私は多くの事柄を見落としている。あってはならないミスだ。

「面目もありません」

口のなかに酸っぱいものが広がり、下腹部のあたりがぐるぐるとうねった。そんな私に葛西准教授は告げる。

「先崎。いつも忠告していることだが、おまえはもうすこし肩の力を抜いた方がいい。たまには、そうだな、医局の馬鹿どもと飲み明かすのも悪くない」

私が医局に打ち解け切れていない事実を、はっきり認識している口ぶりだった。

幼い頃から分かっていたことではあるが、私は人好き合いがあまり上手ではない。強い態度で挑まれると緊張してしまい、どこか壁を作ってしまうのだ。その点に関してはなんども葛西准教授には指摘され続けている。医療はコミュニケーションが基本なので、口下手なのは褒められたものではない。

「おまえはすべてをひとりで背負いこもうとする嫌いがある。覚えておくといい。一人ですべてを抱えきれるほど、人間は全能にできていない」

「肝に銘じておきます」

葛西准教授のお言葉に密かに唇を嚙む。連綿と繋がる不幸の輪。そのなかに自分もいるのではと危惧した蓮池さんの想いを、私は汲み取ることができていなかったのかもしれない。

「お時間を割いていただき、ありがとうございました」

私は自分の力不足と浅はかさに恥じ入りながら、貴重な時間を割いてくださった葛西准教授に頭を下げた。

二

自戒の意味を込めてカルテを細部まで見直し、タイムカードを押した頃にはすでに二十一時を回っていた。研修医時代に購入した愛用の軽自動車で国道を渡っていく。

閑静な街並みは穏やかに眠っていた。昼間は晩春の輝きに満ちた水田も黒々と沈み、エンジンの駆動音が蒸し暑さを連れてきた。人影はどこにも見当たらない。フロントガラスの景色がめくられるたび、広大な宇宙のなかで惑星の合間を駆け抜けているような浮遊感がして、乳酸が溜まった身体が浄化されていくようだった。

住宅街の路地を抜け、一時停止の文字が消えかかった坂を登る。小高い丘に建ったアパートの一角が私の住まいだ。車を降りると湿気の高さに辟易《へきえき》した。エントランスを抜けるとくぐもった男の子の奇声がして、思わず肩を竦《すく》めた。ボディーソープの清潔な匂いと水飛沫の音が遅れて届く。

「いぇーい、ぼくの勝ち」

それが直近の一〇三号室のお風呂場から漏れ聞こえているのだと知って、すっかり脱力する。あまりに平和な日常。拍子抜けもさることながら仕事が終わったんだという実感が強くなった。革靴が汚れないように鳩のフンを避けながら、ブロック階段で四階まで登り、ピンクの虫除けが掛けられた角部屋のドアを開ける。

「ただいま」

真っ暗なトンネルのような廊下。その突き当たりのすりガラスからリビングの灯りが流線形に伸びる。その部屋明かりに安堵する自分に驚く。玄関まで甘酸っぱい匂いが充満していて、眠っていた腹の虫が頭をもたげた。

リビングに足を踏み入れると、綾《あや》がガラステーブルの前にペタンと座って女性雑誌を広げていた。腰まで届くほどの長髪をべっこう色の髪留めで束ね、ほっそりとした首筋をのぞかせている。遅くなったと声を掛けると首を竦《すく》め、驚いたようにこちらを振り返った。

「あ、おつかれさま。緊急手術でもあったの」

「いや、ちょっと別の案件で」

綾は私を抱きとめるとそのまま台所へと向かった。足取りは軽い。前日は塞ぎこんでいたけれど、今日はすっかり調子が良いみたいだ。

「座っていてくれ。自分でやるから」

「いいよ。涼介《りょうすけ》も疲れているんだし」

ダイニングテーブルや台所に食事を済ませた形跡はない。こんな時間までなにも食べずに待ってくれていたらしい。心遣いが嬉しい半面、もっと自分を大事にしてくれとも思う。

「遅くなるときは先に食べていてくれていいんだ」

「いいの。わたしが勝手に待っているだけだから」

独り言のように呟きながらコンロに火を掛ける。待ってくれていたのも綾なりの愛情表現なのだろう。妻の心遣いに感謝しつつ寝室で部屋着に着替える。それからツインベッドの脇にあるちいさな手袋が置かれた仏壇に手を合わせてリビングへ戻った。食事の準備はすでに整っている。熱々のご飯に豆腐とわかめのお味噌汁、それにチキン南蛮だ。つけあわせのポテトサラダはてんこ盛りになっている。

「今日は豪勢だな」

「なんだか贈り物に懐かしくなっちゃって」

贈り物とは。首を傾げながら部屋を見渡すと、鍋やフライパンなどの調理道具を収めた棚の足元に見慣れないダンボールがこずんであった。

「あれはなんだい」

「ああ。これ」綾は口元に手を当ててクスクス笑った。

「いつものやつ。『一人の身体じゃないんだから、しっかり栄養を摂りなさい』って」

彼女の母親のマネなのだろう、独特の節とイントネーションが可笑しかった。綾と話していると凝り固まった肩が自然とほぐれていく。持ち前の陽気さにいつも励まされている。

「そっか。感謝しないとな」

ガムテープが剝がされた蓋をめくると、ビニールに詰められたピーマンやニンジンが蛍光灯でみずみずしい原色で輝いていた。子供を想う親心を反映してか、どれも大振りで栄養満点を謳っている。その心遣いには間違いなく感謝すべきだろう。けれども素直に喜べない自分がいた。今度こそ元気な孫の顔を見せてほしい。そんな想いが透けているように感じてしまう。そんな自分に嫌気が差す。

これもきっと「もっと気楽に考えたら」と綾に頬っぺたをつねられる私の悪癖だろう。

「これだけあれば、台風が来てもしばらく買い物に行かなくてすむね」

「そうだな」

綾の長閑《のどか》さに救われる形で食卓を囲んだ。私のグラスにビール、綾のコップに麦茶を注ぎあう。細やかなしあわせがそこにはあった。クリップボードに貼られた過去の私たちの写真。旅先で撮られた笑顔の数々が、現在の私たちを見守っている。

「今日の外来は大変だったよ。午前で終わるはずが午後にまで食い込んで」

「もともと二十人を半日で捌こうっていうのが欲張りなんじゃないかな。最後まで責任持ちたいっていう涼介の気持ちも分かるけれど、もうちょっと自分を大事にしたら」

「任せられる相手がいればそうするさ。だけど他の医局員も大変だから」

綾はじっと私の顔をうかがうと「別に涼介の勝手だけどさ」とあきらかに納得していない表情で、小盛りによそわれたご飯を口に運ぶ。家庭に入るまでの綾は脳外科とはべつの医局で秘書として働いていたので病院事情に明るい。どうしても吐き出せない愚痴を、こうして解消できるのはありがたかった。

部屋の片隅に眼を向けると、新聞紙が敷き詰められた一角にキャンバスが置いてある。引きこもりになりつつある綾が最近凝っている楽しみだ。水彩絵の具が飛び散らないか心配だが、口出しをしないと指切りした手前、余計な口は噤《つつし》むことにする。掛布で中身は確認できないが、どんな絵が描かれているのかずっと気になっている。

「絵の進捗はどうだい」

「まずまずかなぁ。だけどここぞってときに取材に出かけられないのが痛いよね」

話に聞く限り、どうやら彼女は風景画に挑戦しているらしい。その絵は青を基調にしたものらしいが、望んだとおりの色合いが出せずに試行錯誤しているらしい。おかげで青の絵の具だけすぐに枯渇してしまい、配達員が訝《いぶか》しむほどインターネット注文を繰り返しているという。

「やっぱり頭のなかのイメージだけじゃ限界があるって気づかされたなぁ。こんなことなら身軽なうちに運転免許を取っておけばよかった。そしたら取材や欲しい絵の具を探しに出かけられるでしょう」

「だけど運動神経が悪いから免許は取らないって、決めていたんだろう」

「うるさいなぁ、それは過去の話じゃん」綾はフグのように頬を膨らませた。

「いつも運動会でビリだったお父さんでも取れたんだもん、私だって大丈夫だよ。あ、そういえば洗濯物が干しっぱなしだったんだ」

綾はそう叫ぶと、お気に入りのモフモフスリッパを脱ぎ捨ててベランダへと消えた。ゴム地のスリッパ裏がこちらにこんばんはしている。その天真爛漫《てんしんらんまん》さが羨《うらや》ましくもあった。そんな感慨と同時に彼女を不憫だと想う気持ちが、夜のなかに膨らんでいく。籠に入れられた鳥のように綾がじっとしている理由。それを思い遣ると自然と箸が止まる。

あの不幸は、綾のせいではないのに。

「良かった。夜露で濡れてはいないみたい」

洗濯物のなかには、針金ハンガーで吊るされた弓道着と袴も含まれていた。背伸びしてもカーテンレールに届かない小柄の綾に代わって役目を引き受ける。綾はそのあいだに寝室に洗濯物を運んでくれた。

我が家では食事のあいだテレビをつけない。食材を作ったお百姓さんと料理を準備した相手へ敬意を表して『出された料理に集中すべし』という、現代では珍しく硬派な家訓が綾の家にはあった。だが一歩引いて綾の家の生態を観察するに、いつも賑やかなのでテレビを点ける必要がそもそもなかったのではと邪推している。

やがて用意された皿を平らげたところで、引出物として我が家に迎え入れられたデジタル時計を確認する。まだ二十三時手前だ。明日になるまでにはまだ時間がある。私は二人分の食器を台所に片しながら言う。

「ちょっと腹ごなしに運動してくる」

「こんな時間でも行くんだ」綾は驚いたのか、変な具合に麦茶を飲みこんでむせた。

「ゆっくり明日に備えたら」

「いや、それはできないな。一度怠けたら癖になるから」

脳外科医に重要なもの。それは知力であり、知力を支える体力だ。

十時間を超える手術でも集中力を維持できるような心肺機能が外科医には必須であり、私は食後三十分のランニングを日課にしている。この話をすると「良くそんな体力があるな」と内科医の同期に驚かれるが、むしろ運動しているときはあれをしろ、これをしろという内なる声が止むので心地良かった。ジャージ姿の私に反射板を襷のように掛けながら綾が言う。

「弓道の審査もそろそろだったよね」

「今月末だから、そろそろ追い込み時期だ」

弓道には昇級・昇段試験があり、立ち振る舞いから実際に弓を引く実技試験と紙面で問題を解く学科試験により、五級から十段までの段位が与えられる。私は前年の秋に弐段を取得したばかりで、今回は参段審査へ挑戦する。学科は詰めこみでなんとかなるが、やはり問題になるのは射技だ。参段では二本のうち一本は中りが欲しいところ。

「参段になったら、美味しいお肉でお祝いしようね」

ここで「応援しに行こうか」などと変なプレッシャーを掛けないでいてくれるのもありがたいところだ。適度な距離感が夫婦円満の秘訣、なのかもしれない。

上がり框《かまち》で運動靴の紐を結び終わって振り返ると、ちょうどそこにはなだらかに膨らみつつあるお腹があった。シャツ越しに優しく撫でて部屋を後にする。エントランスをくぐって準備体操を終えたら力強く地面を蹴る。

もうすこしで、私は父になる。その期待と責任に、身が引き締まる想いだった。


目の前の射手が射場から退いたのを確認して射位に進む。

たがいの修練をぶつけあう弓道場。市民体育館の地下に設置されたこの場所の空気は、いつもひんやりと引き締まり、油断すれば一気に呑まれてしまいそうになる。身体を『射位』と書かれた板札をまんなかにするようにして足を開く。左右対称を心掛ける。右手の矢を弦に番《つが》え、右腰に右手の母指を添えて安土を見遣る。狙うは二十八メートル離れた白黒の的。通称は霞的《かすみまと》と呼ばれ、正鵠《せいこく》と呼ばれる白円を中心に同心円状に黒と白を交互に繰り返す。的中させたいという誘惑を断つのは、いつも苦労させられる。

顔を正面に戻すといよいよ右手を弦に取懸《とりか》けた。弓を握る左手は卵を握るようにして弓を包む。これは手の内と呼ばれ、小指、薬指、中指の爪先をそろえて天文筋《てんもんすじ》というてのひらの縦線に弓を宛てがう。これこそが弓道の射の善し悪しを決める。

的中におおきな影響を及ぼし、極意を会得するには血が滲むような修練を必要とする。

マジシャンが手品のタネを紹介する際に『手の内を明かす』と表現する。その語源はどうやら弓道にあるらしい。弓道の師範が弟子に向けて、自分の手の内を詳《つまび》らかに説明する様子から来ているのかもしれない。

私は呼吸を整えて的を見定めた。右手と左手を空にたなびいていく煙のイメージで水平に起こしていく。すると射場の後ろから弦を弾く音が響いた。清廉潔白で格調高い弦音。それは烏山先生の到着を知らせた。

すぐに挨拶に赴きたかった。けれども『打ち起こし』以降は中断が許されない習《なら》わしとなっていた。注意が逸れた心を的へ向け直し、左手をまっすぐ的へ押し進めていく。弦を持った右手で張力を感じつつ、拳一つ分の空間を空けて額前へ流す。ここから弓と弦を左右に『引き分け』ていく。やや左手を先行させて矢を右口角まで下ろしていく。

ここからは『会』の段階だ。天地左右に沿うように体を伸ばしていく。けれども収まりがどうも悪い。だがそれは人生における徳高のようなもの。これまでの積み重ねの総和なので、ジタバタと足掻いたところで見苦しいだけだ。

私はただひたすらに左右への伸びに専念した。そして迷いながらも『離れ』を繰り出す。矢は七時方向にずれて飛んでいったものの、なんとか枠内に納まって破裂音を響かせた。道場内から一斉に「射」と祝福する声があがった。

「そのまま、二本目に移りなさい」

高揚しながら的への意識を断ったと同時に、圧倒されるような気配を背中から感じた。烏山先生だ。どんな指導を受けているのか。他の人々からの視線がジリジリと私の項《うなじ》を焦がす。

体の強張りを自覚しながら弓を倒す。薬指と小指がまるで意思を持ったかのようにふるえた。射法八節の運行に従いながら烏山先生の講評に耳をそばだてる。

「前回指摘した『離れ』は上達している。全体的に射に勢いがあって矢飛びが良い。悪くない」

私は返事の代わりに一つ頷いた。内心では小躍りしたいほどだった。

烏山先生は面と向かって相手を褒めない。普段はおおらかで冗談を好むが、射の善し悪しに関しては人一倍厳しい。弓道における正しさに重きを置き、どれだけ当たろうとも射が正しくなければ意味がないという信念を貫かれている。

　こんな話がある。

　かつて一般大会で二十射引いて二十中を成し遂げた射手がいた。だがその射は右肘の収まりが悪く、遠目から見ていても歪《いびつ》な射形であった。烏山先生はその大会で審査委員長を務めていた。私は先生の講評がどうしても聞きたくて、失礼を承知ながらもお疲れのところに押しかけ、その射手が先生の目にどう映ったかを拝聴した。

　先生はただ一言でその評価を締めくくった。

「上手《じょうず》だった。ただ、それだけだよ」

　私は肩の収まりと左手の手の内に注意しながら二本目の矢を下ろしていく。今回の収まりはしっくりきた。左右に違和感なく縦横無尽に伸びていく。この射は当たるという確信が兆した。私は満を持して『離れ』を出した。

　矢が飛んでいく軌道は申し分なかった。だが矢先がガチンと的端に嫌われて安土に刺さった。乾いた砂がぱらぱらと虚しく崩れる。

　なぜ、今の射が外れる。私は動揺を隠すように間髪入れず弓を倒した。悔しさがじわじわと腹底からこみあげる。今の射は完璧だった。なにがいけなかったのか。

射位から退場するなり烏山先生に講評を願い出た。先生は家紋の入った漆黒の着物をお召しになっていた。顔を直視できずにいると、先ほどよりも柔らかな声が出迎えてくれた。

「先崎くん。なぜ今の矢が当たらなかったのかと、狐につままれた顔をしているよ」

「はい」

「的中しなかった理由。それは『残身』がなかったからだ」

「『残身』ですか」

私はその言葉を噛み締めながら顔をあげた。烏山先生は破顔していた。眼鏡の奥の双眸は優しい。烏山先生は教士七段でありながら、市内の県立高校で二十年間も物理学の教鞭をとっておられる二つの意味合いにおいて先生だ。今目の前にいるのは、どちらの要素も兼ね備えている先生のようだった。

「しかし、『残身』がないというだけでは」

『残身』とは、『会』から『離れ』の後、『離れ』の形のまま二、三秒停止するというもの。『残身』の善し悪しは射手の品位格調を反映するというが、それが原因といわれてもあまりに実がない。『残身』は直接的には的中には結びつかないはずだ。

「私には、一本前の矢の方が外れる気がしてならなかったのですが」

「先崎くん、君は油断したんだ」

「油断、ですか」

「ああ、そうだ」

先生が壁に掛けてある黒板へ移動したので、私はそれに従い、深い木目が美しく映える道場の床をすり足で渡っていく。自然と他の門下生も集まってくる。

「『打ち起こし』の角度、押し引きのバランス、『会』の充実。的中確実。君はそう考えて『離れ』を出した。違うかね」

「それは」

私は返答に窮した。その事実が私の心の状態そのものを現していた。

「油断は悪癖の形で射に現れ、『離れ』の瞬間、弓手をかちあげてしまった。外れた理由はそういうことだ」

先生は白チョークで黒板に『ざんしん』というひらがなを認《したた》めた。そしてその下に二つの棒を引っ張り、見事なお手並みで『残身』と『残心』の文字を並べた。

「『ざんしん』とは形態でいえば『残身』、精神でいえば『残心』である。先崎くんは二本目の矢が外れたと知るなりすぐに弓を戻した。それに気づいていたかね」

「いいえ、気づきませんでした」

「的中に捕らわれた心がよく現れていたよ。正射は必中ではなく、正射は正中する。それを肝《きも》に銘じなさい」

正しい射は正しく中る。文面としては清らかであるものの、その境地に到達するまでの道のりは遥かに険しいだろう。形と精神。そのふたつはなかなか一致することなく私たちを苦しめる。

「はい。より精進してまいります」

「よろしい。それでは次の矢を準備しなさい」

「ご指導、ありがとうございました」

私は尊敬と敬愛の意を込めて一礼した。もっと烏山先生に稽古をつけていただきたい。

自分の伸び代が確認できて興奮する私は、控えの矢を取りに出口へと急ぎ足で向かったのだった。

三

地方審査まですでに一カ月を切った。そろそろ道具を揃えなければ。市民体育館での練習を終えた私は、昼食を近場のラーメン屋で済ませると、最寄りの弓具店へと愛車を走らせた。弓道にはさまざまな道具がある。身を固める道着や袴、競技の要にあたる弓矢は長持ちするが、弓に張る弦や足を保護する足袋などは新陳代謝が激しく消耗品の部類になる。

今日は久しぶりの快晴。降りそそぐ日差しは春の陽気さが残っていて柔らかい。心地よい疲労感が全身をくすぐる。交差点前の赤信号で緩やかにブレーキを踏む。目と鼻の先にある公園では、半袖の学生服を着た男子数名が芝生のうえでフリスビーに興じていたり、遊具で追いかけっこする家族連れもいたりと長閑《のどか》の一言に尽きた。綾も実家でのんびり羽を伸ばしているというし、せっかくの休暇をどんなふうに有効活用できるか悩ましい。次の研究発表会に向けてデータをまとめるというのは合理的だ。ただこの案は現実的ではあるけれどもあまりに味気なかった。今は浮かれ心地のまま遠出したい気分。

そこでとある思いつきが脳裏を掠《かす》めた。我ながら悪くないアイデアだ。私は清武ジャンクションの文字が刻まれた緑看板へとハンドルを切った。

目指すは都城市。目的地は蓮池弓具店だ。

都城市は全国の竹弓の九割近くを生産する日本唯一の産地だ。

鹿児島県にいた多くの弓師が江戸時代に都城に移り住み、竹弓作りが発展したとされている。温暖な気候と豊富な降水量に恵まれた盆地であり、原材料となる真竹がたくさん採れることも竹弓作りが盛んになった要因らしい。

穏やかな陽気に包まれながら高速を走ること約四十分、幹線道路をひた走ると情緒溢れる風景が広がる。なだらかな平地にはみずみずしい田圃とビニールハウスが続き、ときに平地は窪《くぼ》んでゆるやかに流れる河川敷へと繋がる。

山間には鋭角に迫りあがる杉《すぎ》が群生し、杉よりもやわらかな梢《こずえ》の檜《ひのき》が尾根を濃い緑色に染めている。のどかで暖かみのある田園風景。ここには私を急き立てるPHSの音は届かない。

日々の喧騒から解き放たれ、ゆったりとクラシックを楽しみながらアクセルを傾けていると、やがて自然に溶けこむような色合いの建物が現れてきた。灰色の煉瓦で造られた和風玄関の瓦庇《かわらひさし》には木板が飾ってあり、『蓮池弓具店』と黒塗りの彫り文字が掲げてある。目的地到着だ。白線がやや傾いた駐車場に車を停めてドアを開ける。すると軒下の床几《しょうぎ》に座り、団扇《うちわ》を扇ぎながら青空を吸いこむようにあくびする仏頂面の職人がいた。

「蓮池さん」

「おう、先崎先生か」

片手をあげて歓迎してくれた蓮池さんは、格好は前回の診察時とは違って馴染みある、すっかり退色したグレーの作業服姿に身を包んでいた。

「なにしに来たんね」

「地方審査が迫ってきたので、必要なものを買っておこうと思いまして」

蓮池さんは「あいよ」と口笛を吹くように短く応えると、都城弓まつり全国弓道大会のポスターが貼られた扉をガラガラいわせて店内に消えた。

入店してすぐに圧倒されたのは、入口から中央までの両壁にところ狭《せま》しと並べられた竹弓たちだった。匠の技で作られたそれらは名だたる弓道家からお墨付きをもらっている。一本一本の竹から切り出されるそれらはひとつとしておなじではなく、曲がりや節の数なども異なる。蓮池さんの手から生み出された素晴らしい一品の数々。手間も費用も掛かるだけに値段も相当な額になっているが、それも納得という出来栄えだ。

「すごいなぁ」

「なんじゃ、その間の抜けた声は」

「いやぁ、立派な芸術品に惚れ惚れしているんですよ。何時間でも見ていられるなぁ」

子供が初めて目にする新幹線に瞳を輝かせるがごとく、私も童心に返って竹弓を眺めた。実際に引いてみたらどんな感触なのだろうか。どんな弦音がするものなのだろう。期待で胸は膨らむ。

入口マット横の矢立てに束ねられた鷲《わし》や鷹《たか》の黒羽矢は勿論のこと、七面鳥の色とりどりの染め羽も美しい。中央から奥まで続く腰の高さの棚には雪駄《せった》や弓懸《ゆがけ》が展示されている。古くから伝わる伝統を守りつつ発展させてきたことを感じさせる品々。

そこから醸《かも》しだされる厳《おご》そかな香り。私はその香りがたまらなく好きだ。

目的の替え弦を携えてレジに進む。蓮池さんは分厚い老眼鏡を掛けて電卓を弾いてくれる。その背後には作業場が広がり、私よりも一回りほど離れた年齢だろうか、跡継ぎになる息子さんが矢の長さを調節する作業に没頭していた。そこには制作途中の竹弓や矢が置かれ、新たなる歴史を作るのを心待ちにしている。

「先崎先生や」

贅沢なディナーを済ませたあとのような充実感に包まれながら店を出たところで、蓮池さんに呼び止められた。その声は他人に聞かれないように忍ばせてある。

「あんた、儂の様子を窺いに来たんじゃなかろうな」

ぎくりと身体が強張る。声が裏返らないように気を払う。

「いえいえ、まったくの偶然ですよ」

「本当じゃろうか」

蓮池さんは八重歯を覗かせつつ私の顔色をうかがっていた。どうやら私の魂胆は見え見えらしい。どう切り抜けたものかと頭をフル回転させていると、渡りに舟、足元から猫の鳴き声がした。地面に視線を向ける。すると茶色と白色を混ぜ合わせた毛並みの猫が、警戒したようにこちらの出方を探っているではないか。首元には赤い首輪とちいさな鈴が付いている。

「えっと、この子は」

「飼い猫のミケじゃ。三年ほど前から居座っておっての」

ミケは私に興味を失ったのか、ぷいっとそっぽを向いて蓮池さんの足元に尻尾を絡みつけはじめた。蓮池さんが慣れた手つきで顎下をほぐしてやると、気持ち良さそうにゴロゴロと喉を鳴らす。至福の刻といった様子だ。

「ミケちゃんか。可愛いな」

三年前。その響きを味わうように、蓮池弓具店に来たのは随分と久しぶりだったことに気づく。もうそんなに月日が経過してしまったのか。ひどく年老いた気分になりながら、学生時代の想い出を味わう。たっぷりある時間で先輩や後輩と弓道で汗を流し、だれかの部屋に安酒やツマミを持ち寄っては弓道談義を夜通し闘わせた。けれども大会に出れば、昨日の敵は今日の友、部員一丸となってチームの勝利を目指した。それが私の青春のすべてだった。懐かしい記憶が次々と顔を覗かせるなか、忘れていた事柄が自然と浮かんでくる。

「そういえば熊みたいにおおきな犬がいませんでしたか。たしか金色の毛並みのゴールデンレトリーバーが」

「ああ、太郎のことじゃな」蓮池さんの眼がすうっと細まった。

「あやつは四年前に死んだよ。肝臓だか腎臓だかの腫瘍でな」

小話のつもりが余計なことを聞いてしまった。私は慌てて取り繕うことしかできなかった。

「そう、だったんですか。お気の毒に」

「なあに十七年も生きたら寿命じゃよ。コロッと逝けただけ幸せじゃった」

口ぶりは強がっているものの、懐かしさと侘しさがこみあげてきているのは明らかだった。ミケも主人の機微が変化したのを慮《おもんぱか》ってか、カリカリとアスファルトを削るようにして席を外した。じりじりと照りつける日差しが白雲に隠れ、蓮池さんの表情に黒い影が落ちる。そこに浮かぶのは負の感情だけではなくて、覚悟を決めているような、諦観に染まりつつある顔つきだった。

死が迫った末期患者と会話していると、たまに話題になることがある。

自分に近しいものがあの世に旅立つと死への距離が近くなる、と。

分かるようで分からない感覚だけれども、もしかしたら目の前にいる蓮池さんが穏やかでいられるのも同じ理屈で、見送ってきた数々の命に紐づいていることなのかもしれない。

「愛犬に先立たれて、さぞお辛かったでしょう」

「そうじゃな。先立たれるのを見送るのは、堪《こた》えるわい」

「それを聞けて安心しました。蓮池さん、あなただっておなじですよ」

「なに」

蓮池さんの眉がピクリと触れた。口元もキュッと真一文字に結ばれている。

「どういう意味じゃ」

「想像してください。あなたを慕う人たちがあなたを失ったときにどう思うかを」

これまでの蓮池さんの言動から察するに、できるだけ苦しまずに最期を迎えることが美徳だと考えている節があった。ある意味では正しい考え方だろう。けれどもそこには自分の命を簡単に投擲《とうてき》しているような印象があって、納得できても賛成とは口が裂けても言えなかった。

「医師という立場を脇に置いて。私が敬愛する弓職人として……いや、これも違うな。蓮池　柳太郎さんとして、私はあなたには生きていてほしいんです」

私はその言葉を形作った後で、自分が踏みこんではいけない領域に踏みこんでしまったかもしれない自覚を持った。けれども後には引けない。直立不動で反応をうかがっていると、蓮池さんは口元を二の腕で拭った後で空を見上げた。遮るものはなにもない、どこまでも澄んだ青空がそこにはあった。

やがて私のポケットから電子音がこぼれて「すいません」と断りをいれてからスマートフォンに手を掛けた。綾からのポップアップで『今日はお参りに行く日だから早く帰ってきて』と釘を刺す内容だった。私は表示時間からこれからの動きを逆算する。宮崎市内に戻ることを考えると、そろそろ出発しなくては間に合わなくなってしまう。

「蓮池さん。お薬を忘れずに内服して、必ず受診されてくださいね」

返事は聞けないままに車に乗りこんで蓮池弓具店を後にする。サイドウィンドウ越しの蓮池さんは依然として遠くを見つめていた。ハンドルに額をぶつけないようにしながら視線の先を探ると、送電線に数羽の鳥が羽を休めていた。兄弟なのか嘴《くちばし》で茶化しあっている。それを見守る蓮池さんの表情は穏やかそのもので、私が投げた言葉がどんな波紋として伝わったのか、知ることはできなかった。

私はもと来た道を引き返しながらひとり狼狽《ろうばい》していた。

何様のつもりであんなことを口走ったのだろう。自分自身の言動が解せなかった。深く息が吸えずに身の置き所がなく、シートベルトの位置をなんどもなんども調整する羽目になった。

棚上げにされることばかりが増えていく気がした。もっと時間があれば違うのだろうか。いいや、そう考えること自体が甘えだ。時間はあるものではなく作り出すもの。現実は私を中心に回っているわけではないのだから。けれどもこの焦燥はなんなのだろう。

私を遮るように徐行するトラックに苛立ちを覚えつつ、とにもかくにも宮崎市に早く戻れるようにと運転に集中することにした。


綾を実家で拾いあげたのは十八時を過ぎた頃だった。綾の両親が泊まっていきなさいと主張するのを宥《なだ》めるのには苦労した。ご両親と過ごすのは楽しいひとときだが、やはり疲れが溜まってしまうのが偽らざる本音だ。

「へぇ。弓道って海外でも有名なんだね」

「武道の精神に触れたい外国人に人気があって、ヨーロッパでも大会が開かれるくらいに有名なんだ。日本人よりも外国人の方が竹弓を使う傾向にあるって話もある」

「日本発祥なのに。ネットで見たことあるんだけれど、竹弓って高いんでしょう」

「まぁ、そうだな」

宮崎市からフェニックスの木に囲まれたバイパスを抜け、やがて鬼の洗濯板と呼ばれる段々になった岩場がつらなる海岸沿いを走っていた。向かっていたのは安産祈願で知られる青島神社という場所だ。お参りまでの道すがら、弓道の現状を憂《うれ》うという搦《から》め手から竹弓購入を仄めかしてみたが、財布の紐は想像以上に固く無駄な出費は許してくれないようだ。

青島と呼ばれるここ一帯は、昭和の時代から南国をイメージしたリゾート開発が進み、かつては日本のハワイとして新婚旅行のメッカだったらしい。現在も若い男女や家族連れが楽しめるように開発は継続中で、夏になればキンキンに冷えたかき氷やレモネード、ドイツビールなどを提供するビーチパーク、木々に設置されたゆったりしたハンモック、ランタンを備えた雰囲気ある白テント、ウクレレによる演奏など、あらゆる面で顧客を楽しませてくれる。また夏ともなると、海水浴場で溺れる子供がいないように海にはコースロープが設置してあり、褐色の肌のライフセイバーが水平線に眼を光らせている。

「こんな時期でも海に行く人たちがいるんだね」

綾の視線を追いかけると、サーフィンからの帰りだろうか、肩からキャラクターもののバスタオルをぶら下げたウェットスーツ姿の若い男女がいた。季節を先取りする二人には、今という時間を使い切ってやるぞというような力強い生命力が迸《ほとばし》っている。

「よし、到着だ」

海岸沿いに車を停めて一歩外に踏み出すなり、海のさざめきが鼓膜をくすぐってきた。潮の香りに身体中が包まれる。綾は後部座席からごそごそと麦わら帽子を取り出していた。花柄のワンピースも相まって、夏のひまわり畑ではしゃぐ少女のようにも見える。今までの鬱憤《うっぷん》を発散するように綾は興奮していた。

「海の匂いがするね」

「ポテトフライの油の匂いもあるな」

「こんな時間でも出店はやっているのかな」

綾の背中に手を添えながら青島神社へと向かう。お土産センターはすでに閉まっていて出店にもシャッターが降りていた。祭りの後の静けさが漂っている。綾はすれ違う人々に「こんにちは」と律儀に声を掛けていく。

やがて熱帯植物園の入口を越えたところで視界が一気に開けた。

「わぁ、綺麗」

綾がピンポン球のように声を弾ませた。搾りたてのオレンジのような茜空が私たちを待っていた。水平線の片隅にいるのは一隻の漁船だろうか、夕日のなかを優雅に横切っていく。波打ち際では長ズボンをまくった若者たちが黄色い声を響かせている。私は息を呑んだ。その光景があまりに郷愁的で、きっといつの日か思い出すだろうなという予感を秘めていたから。

私たちはどちらともなく手を繋ぎ、小島へと渡された橋へと歩いていく。春が過ぎゆこうとしている季節にありながら波の満ち引きは激しく、岩肌に砕ける水飛沫が白い泡となって肌をくすぐる。やがて小島に足を踏み入れると、白砂はザクザクと小気味よく足底をくすぐった。細かく砕かれた貝殻のようだ。油断していると右左に重心が揺らされ、繋いだ手をぎゅっと袂《たもと》に引き寄せる。

「転げないように気をつけないと」

「運動靴を履いてきて正解だったね」

紅の鳥居をくぐり、亜熱帯性植物に囲まれた境内に向かうまでのあいだ、綾はちいさな頃の話を始めた。ここ青島海岸には、野外活動や潮干狩り、それから海ガメの産卵でお世話になったらしい。浅瀬の凸凹した石を持ちあげると、ちいさなカニや魚たちがびっくりして岩陰に隠れるという。それを捕まえたくて体操服がびしょ濡れになるまで遊んだらしい。実家に飾られている家族写真を見ても思ったことだが、綾は今よりもおてんばそうだ。

また中学生の頃には活動範囲が広がり、千絵ちゃんという幼馴染みと一緒に自転車でよく遊びに来ていたそうだ。大きな岩に座って海底を眺めながら、部活の先輩の愚痴や恋話をして「青春の馬鹿野郎」と叫んで手を叩いて笑っていたという。

そんなある日、いつものように喋り疲れて、海底に沈んだ流木を眺めているとすこしずつ動いているのに気がついた。最初は水の流れだろうと意識にとめていなかったが、違和感が拭えずに水面に顔を近づけてじっと覗いてみた。するとその表面はツブツブしていて、いくつもの触覚が四方八方に伸び、アメーバのような前足を伸ばしているではないか。

「その動きの気持ち悪さに思わず絶叫しちゃったの。それは流木じゃなくて、両手でも収まりきらないようなおおきなウミウシだったんだから。あまりの衝撃に千絵ちゃんを置いて逃げちゃった。途中の岩で滑って転んで思いっきり脛《すね》を打ったの。しばらく立てないくらいに痛かったな」

「それが右足にある痣《あざ》の起源なのか」

「しばらくは歩くだけでもしんどかったの。きっと友達を置いて逃げようとした罰ね」

おそらくはだれにでもある笑い話。けれどもそんな他愛のない話で満ち足りていく自分がいた。綾は自分の故郷である宮崎を深く愛している。彼女のまわりには大切な宝物があふれている。ここまで純朴に育ったのも風土によるものだろう。私よりも三歳年下の綾だけれども、彼女が過ごした時間は、搾りたてのミルクで作られたアイスクリームのように濃い。

私は彼女を羨みながら、自分が生まれ育った故郷を想った。

本州のはずれにあるその場所は宮崎とおなじように田舎だったが、決定的な違いは海に面していないということだろうか。日本の屋根と呼ばれる山々に囲まれているせいか空気はいつもからからに乾いており、冬になると水道管が凍結するほど寒くなる。そういう土地柄もあってか野外学習は登山がもっぱら多く、小学生のちいさな背中にサンドイッチやお菓子を詰めこんだナップザックをからうのは重労働だった。その他の幼少期の頃の記憶は、遠く彼方に吹き飛ばされたかのように跡形もない。

他人と話しているとたまに不思議になることがある。なぜ過去の出来事をこれほど鮮明に覚えていられるのだろうと。

私は青々とした葉っぱがつくりだす自然のアーチをくぐり、苔むした階段を登っていく。左手に備えてあったお清めの水を柄杓《ひしゃく》で掬《すく》って参拝の手順を守る。そして灯籠に囲まれた石道を踏みしめて賽銭箱の前に立った。夜の境内は霊験あらたかそうで、空気が隅々まで清められている。

右手には様々な願いが込められた絵馬たちが飾られていた。一番手前に吊るされた安産祈願の絵馬の『元気な子供が生まれますように』という願いに自然と引き寄せられる。油性ペンで書かれた黒い文字は涙で濡れたように滲んでいた。ただ雨露にやられただけかもしれない。けれどもその文字がどことなく綾の筆跡と似ていて、見てはいけないものを覗いてしまった罪悪感に胸が騒いだ。

「ご近所迷惑にならないようにしないとね」

綾は巨大な鈴を控えめに鳴らして二礼二拍手一礼を始めた。私もそれに続く。その行為は弓道練習を開始する前に行う拝礼と奇しくも同じ動作だ。もとはといえば弓道も神事にあたる。私は天におわします神様に願いを掛ける。

今度こそ、私たちが授かったこの子が、元気に生まれてきますように。

「よし帰ろう」

こうして一カ月に一度のお参りも無事に果たされた。遠くの灯台から警備のビームライトが伸びる。綾と私はグリコゲームをしながら階段を下りていく。

「涼介は、子供のこと以外になにかお願いはしたの」

「特になにも」

「そっかぁ。涼介はやっぱり真面目だね」

「綾はなにかお願いしたのか」

「たくさんしたよ。おとうさんおかあさんが元気でいてくれますようにとか、涼介に大変な仕事が舞いこみませんようにとか」

「ありがたいな」

こんな奥さんをもらってしあわせだねと冗談を言いながら「あとはね」と綾は続けた。

「神様のしあわせも祈っておいたの」

「どういうこと」

聞きなれない響きに綾の横顔を覗いてみた。綾はまっすぐに前を見据えたまま言う。

「神様はずっと私たち人間のお願いばかり聞いているでしょう。そんな大忙しの神様のしあわせだって、だれかが願ってあげないと可哀想じゃない」

そんなこと、一度たりとも考えたことはなかった。なぜ綾はこんなにも優しい眼差しを保っていられるのだろう。私は彼女の想いを受け止めて、握った手が傷つかないように力をこめた。そしてその一方で彼女を苦しめる不条理を呪った。やがてもときた橋を渡ろうとしたところで、綾が「うっ」と口元を覆ってしゃがみこんだ。

私は突然のことに驚きながらもうすい両肩を支える。

「綾、大丈夫か」

「だ、大丈夫かな」

しばらく眉間に皺を寄せて苦しそうにしていたが、しばらくすると気丈に微笑んでみせた。だが息は依然として荒い。

「すこし休憩するか」

「うん」

夜風が彼女の悪阻《つわり》をさらっていってくれることを願って休憩することにした。綾はぺろっと舌を見せながら「女の子ってのは、なかなかつらいねぇ」と気丈に笑っていた。私はなにも言えなかった。

気がつかないうちに夜の闇が上空から忍び寄り、まばゆい星空に囲まれていた。綾がもたれている欄干を赤いランプが照らしている。

「あのね、千絵ちゃんのことなんだけどさ」

「さっきの話にも出てきた幼馴染だろう」

「うん。千絵ちゃん、一週間前に二人目が生まれたんだって」

「え」

間の抜けた声がさざ波に呑まれた。二年前に男の子が生まれて大忙しだということは綾づてに聞いていたものの、すでに二人目が誕生していたとは。

「それはめでたいな」

「わたしも聞いてなかったからびっくりしちゃって、『おめでとう』ってひとまず連絡したの。その後で気がついたんだけどね、最初に子供ができたときって、みんな『授かりました』って大きいお腹で報告してくれるでしょう。だけど二人目以降になると『生まれました』って事後報告になっちゃうんだ。みんな早いなぁ」

「……綾」

綾は夜色にくすんだ波を見つめていた。

「千絵ちゃんはいつもそうだったんだ。私よりずっと可愛くて頭も良くて、運動神経も抜群だったの。もとから駆けっこが得意で、陸上の短距離走で九州大会に出場したこともあるんだよ。千絵ちゃんが走ると風みたいに早くて、背中はビュンビュン遠ざかって、遠くから応援していると身体が羽みたいに軽やかに翔んでいくんだ。それでいて勝っても負けても冷静でね、私が『一等賞おめでとう』ってタオルとスポーツドリンクを持っていっても『ごめん、今日の走りはイマイチだった』って悔しがるんだよ。凄いよね、負けた人よりも反省しているの。私は千絵ちゃんには敵《かな》わない、追いつけないなって思ったんだけど、やっぱりそうだったな。私はきっと、千枝ちゃんには……追いつけないんだね」

彼女のちいさな胸に仕舞われていた想いが、暴走列車のように暴れ出していた。

私はしゃがみこんだ綾の横顔を胸で抱きとめる。気丈に振る舞っているけれども、彼女のなかで渦巻く不安は日増しにおおきくなっている。それはカレンダーが捲《めく》られるごとに、あの日が近づくごとに、どんどん不安定になるようだった。彼女はいまだにあの不幸を、うまく整理できないままでいる。

私たちが一年前に授かった命の幻影が、彼女に暗い影を落とし続けている。

まるでサッカーをするように綾のお腹をボンボンと蹴っていた元気なその子が、二十八週を迎えた冬の土曜日、突然に胎動を止めてしまった。朝には平然とおでんの仕込みをしていた綾だったが、正午を過ぎた途端に激烈な腹痛でベッドをのたうち回った。救急車で搬送された病院の超音波検査で分かったことは、胎児が助からないという残酷で受け入れがたい事実だけだった。

原因不明の死産だった。

私たちが授かった命は、こうして、名前を与えられることすらなく、静かにこの世を去った。抜け殻のようになった綾は自分を激しく責め続けた。

無理しなければ。食事摂取を気にしていれば。無闇に出かけたりしなければ。

運命は、変わっていたかもしれない。

「大丈夫、きっと大丈夫だ」

「気安く大丈夫なんて、言わないで」

その声は春風に左右されてしまうほどにか細く震えていた。私は強く強く彼女を抱きとめた。最初は激しく抵抗していたが、やがて私にもたれるようにして動きを止めた。抱きとめた胸元がすこしずつ濡れていく。やり場のない怒りが腹の底から湧きあがってくる。なにが神様だ。ろくに願いも叶えてくれないくせに。

無用の存在に唾を吐きかけるべく夜空を見あげる。だがそこに宿る赤黄色の星々は悔しいくらいに美しくまたたいていて、流れ星が一筋の涙のようにこぼれていく。

その七色の輝きに魅せられると私の激情は遣る瀬なさに取って代わり、やがて無力感に苛《さいな》まれた。

綾に涙は似合わない。だから彼女には笑っていてほしかったのに。

彼女を傷つけるすべてから距離を置いて、しあわせの花園で、いつまでも笑っていてほしかった。

私のそばですやすやと寝息を立てる綾。彼女を起こさないようにベッドをゆっくりと抜け出す。時計は確認していないが真夜中だろう。ベランダのスノコに腰を下ろして夜空を仰ぐ。銀白色の三日月が街を見下ろしている。四階に吹く風。それは地上で聞く風の音よりも高い。

私は努めてゆっくりと深呼吸する。みぞおちまわりには血流が鬱滞しているような不快感があった。最近はストレスが掛かると動悸やこの症状が現れる。こういうときは自然の物音に耳を傾けながら瞑想することにしていた。

瞼《まぶた》を閉じて自分の手足の重さや温度、あるいは鼓動や呼吸に意識を向けていく。

そうすると不快な感覚がうすらいで心が凪《な》いでいく。この瞑想法を教えてくれた精神科の同期によると『自律訓練法』というらしい。一九三〇年頃のドイツの精神科医が提唱したもので、なるほど、交感神経と副交感神経のバランスを整えて精神状態を安定させる手法だと説かれれば納得してしまう。こうやって実際に心が安定してくると尚更《なおさら》だ。

すこしだけ気持ちも身体も楽になり、膝を抱えながらどこまでも遠い星空に自分を浮かべてみる。するとほろ苦さが毒気のように全身に広がった。

ほんのすこし前まで、私は自分の能力はどこまでも伸びていくものだと信じて疑わなかった。一番になれないのも努力が足りないからで、寸暇を惜しんで勉強すれば必ず報われるはずだと厳しく自分を追い詰めた。

だがいつからか動悸に悩まされるようになり、すこしずつ心と身体の歯車が狂い始めていった。最初はすぐに止むだろうと無視した。けれどもそれがカンファレンスや手術などの大事な場面に出現するようになり、ついに私は自分の限界を認めざるを得なかった。どこから生じている歪《ひずみ》かを特定する必要があった。やがて私は綾との生活を通じてその原因に気づくことができた。

悲鳴をあげていたのは、心かもしれなかった。

寄せ書きが書かれた卒業文集、節目節目で送られた花束、笑顔に囲まれた写真。それらを眺めてみても私の存在はどこか希薄だった。そこに存在してはいたけれども、本当の私は実在していなかった。医師になるための通過点に過ぎない。その想いで通り過ぎた日々の空白は空虚な過去でしかなかった。

だが幸運にも念願の医師になれた私であったが、やがて現実を知ることとなる。医師が患者にできることはけして多くない。そして理想を追い求めるだけの時間的、能力的余裕はまったくない。私は完全に打ちのめされてしまった。もはや医師としての自分を失えば、私にはなにも残らない。

いや、ひとつだけある。自分の意思で選んだもの。

私は孤独な光をまとう弓形の月を眺めた。弓道だけはたしかに自分で選んだと胸を張れた。凛とした袴姿で的中を競う弓道に漠然《ばくぜん》とした憧れを抱いていた十八歳の私は、入学式の日に弓道部の先輩に声を掛けられたこともあり一念発起で挑戦することにした。入部してみると礼節を重んじながら競技に打ちこむ弓道は肌に合い、医学部の六年間を捧げることになった。来る日も来る日も白黒の的を追いかけた。

充実した日々は私の青春そのものだ。それでも。

私は瞼を閉じて天秤を思い浮かべる。絶対的な重さとして君臨する医学。そのもう一方の掲げられた皿に弓道を乗せてみれば、どうなるか。

私はそこで想像を断ち切って立ち上がる。答えはすでに出ていた。だが直視するのを拒む自分がいた。けれどもうちなる声は囁き続けている。

かけがえのない命を救いたいのなら。

おまえが次に捧げられるものは、なんだ。

四

先日は決まりの悪い別れ方をしてしまい、蓮池さんがふたたび外来に来てくれるか心配だった。けれども来院したことが電子カルテに表示されたときは素直に嬉しかった。私は順調に外来をこなし、いよいよ蓮池さんの診察というところで白衣の胸ポケットに手を伸ばした。ＰＨＳで葛西准教授の番号を入力する。

「もしもし、こちら脳神経外科の葛西だ」

「葛西准教授、おつかれさまです。先崎です。お話のとおりに一旦席を外させていただきます。無理なお願いを聞き入れていただき、ありがとうございます」

分かった。あるいは検討を祈る。そのような言葉を待っていたが一向に返事はなかった。

「葛西准教授、いかがなされました」

「先崎。あまり根《こん》を詰め過ぎるなよ」

「えっと。それはどういう意味でしょう」

宙に浮いた言葉はそのままに、不通音だけが虚しく響いていた。私は首を傾げながら胸ポケットにＰＨＳをしまう。

当院で撮影したＭＲＡ画像撮影でも脳動脈瘤はしっかり映っていた。けれども大きさに変化はなかった。このまま脳動脈瘤の危険性を唱えても、暖簾に腕押し、蓮池さん自身が加療を望まないのなら近日中に外来通院は終了となる。医師として加療しない危険性を十二分に把握しながら、蓮池さんを見送らなくてはならない。

その前に私は知っておきたかった。蓮池さんが治療のためではなく、この病気の存在を知りたがった意味を。

私はゆっくりと深呼吸して、心の準備を整えてから診察開始ボタンをクリックした。蓮池さんは以前と変わらない格好で診察室の扉を開けた。時候の挨拶を終え、前回とほぼ変わらない画像所見が得られたことを伝え、ＭＲＡ画像で説明を重ねた。蓮池さんは取り乱すことなく寡黙に頷く。

それがひとしきり済んだところで手術の話を切り出した。

「蓮池さん。手術を受けていただきたいとお話しした件は、考えていただけましたか」

「あれからいろいろ考えたわ。それでも儂の決意は変わらん」

「どうしても、ですか」

「先生もしつこいのう。今回の検査ではっきりしたら、儂はもう病院には来んつもりや」

蓮池さんは荷物置きに置いていた診察券を早々に手にしていた。もはや帰り支度は終えている。説得の余地はなさそうだ。私は首に掛けていた聴診器を白衣のポケットに収めると白衣を脱いで椅子に掛けた。

「それでは蓮池さん。ここからは医師の先崎としてではなく、一人の弓道人としてお願いがあります」

「なんじゃぁ、先崎先生。いきなりおじかねぇ。儂をとって喰うつもりかい」

不器用な私は、患者を導く綺麗な言葉も強力なカリスマ性も持ち合わせていない。だから残された道は、誠心誠意でぶつかっていくことしかない。

「いいえ。私の願いとは、蓮池さんに射の指導をしていただくことです」

「しゃのしどう、とは」

聞き慣れない英語を発音しているような響きだった。どうやら私が口にした言葉を、蓮池さんは医学用語だと勘違いしているらしい。

「いやだな、蓮池さん。弓道の話ですよ。今から私の射を見てくださいと頼んでいるのです。参段審査を来週に控えていましてね。いやぁ、平日の昼間に弓を引くなんて、何年ぶりかな」

「儂に射を見てほしいとかいな」

「ええ、そうですよ」

蓮池さんは息子を咎める父親のように顔を顰《しか》めた。

「じゃが、先崎先生。あんたは勤務中やがね」

「そうは言わずに。外来もこれで最後ですし、さいわいにも担当患者が不在で暇なんです」

本当は十人を超える患者を抱えているのだが、一時的に葛西准教授にお任せする話をつけていた。嘘も方便ということだ。

「それにほら、前回の外来で蓮池さんは言ったじゃないですか。『一蓮托生してくれ』って。蓮池さんの病気のことは内密にします。ですから私にも花を持たせてくださいよ」

蓮池さんは渋っておられたが、弓道と聞いて浮き足立っているのは一目瞭然だった。私は「それでは十分後に病院正面玄関で」と強引に告げて診察室を出た。弓道具を積んだ自分の車まで急ぐ。うまくいくかどうかは分からない。けれども病室で話をするより、弓道場で話をするほうが蓮池さんの本心に迫れるような気がした。

果たして、吉と出るか凶と出るか。


「蓮池さん、お待たせしました。それでは参りましょう」

必要な道具を携えた私は、蓮池さんと連れ立って病院敷地内を横断していく。

「先崎先生。病院を抜けだして良かったのか」

「そう言われると気が咎めますね」

「ならば引き返すか」

「いいえ。初志は貫徹しましょう」

私たちは休憩所を通り抜け、病院裏手の遊歩道を進んでいく。医学の祖であるヒポクラテス像が建つ背後の芝生では、暇な学生たちがキャッチボールに夢中になっている。思うままに降り注ぐ日差しが葉桜の緑の輝きを一層強めていた。

お散歩日和に談笑しながら山間の坂道を渡っていくと、職員駐車場の奥に弓道場が見えてきた。しかし入口は生垣に完全に覆い隠されている。『弓道場入口』と書かれた看板がなかったなら、茶室小屋か物置に間違えられかねない。私はズボンのポケットから弓道場の複製鍵を取り出した。いつでも練習できるように、特別に現主将の許可を得て借りているものだ。

「ここが宮崎大学医学部の弓道場です」

「通りかかったことはあったが、実際に来たのは初めてじゃ」

私は三和土《たたき》のまんなかに転がっていた雪駄を脇にどけ、道場内へ足を踏み入れる。真っ暗な視界のなかで荷物を上座に置くと、閉めていたシャッターをガラガラと上に押しやった。幾重もの筋が入った陽の光が差しこんで暗闇がほどけた。矢道に生い茂る雑草から草いきれが立ちのぼり、白く細い花びらのハルジオンが揺れている。安土の砂は熱気に水分を奪われ放射状にひび割れていた。

「垣根の奥はプールか」

後ろからやってきた蓮池さんは私の隣で腰に手を当てると垣根奥を注視した。涼しげな水音が私たちを誘惑している。

「ええ、そうですね。弓道部はいつも道着に袴で修練します。暑い季節になると、水泳部はいいなぁと羨望の視線を注いだものですよ」

「水泳の連中も上から狙われているようで、うかうかしておられんかったじゃろう」

「危険という意味においてならテニス部が一番でしょう。彼らが使用するコートはちょうど安土の向こう側にあります。私たち弓道部が、いつ何時、安土の安全フェンスを越えて矢の雨を降らせるか分かったもんじゃない」

「なあに。危険はいつも隣り合わせじゃ。びびることたぁない」

その大胆さにくすりとした後で、弓を引く準備に取りかかる。女子更衣室の吊し棚から的を拝借し、安土に的を固定する候串《ごうぐし》を回収した。そして雪駄を片手に矢道から的を立てに行こうとしたところで蓮池さんに止められた。

「儂が的を立てておいちゃるから。はやく着替えれ」

「これは私の練習ですので」

「いいからいいから」

そうやって的を奪い奪われをくり返し、最後には観念してお言葉に甘えることにした。男子更衣室に足を踏み入れる。老朽化が進んで床は変色して鶯《うぐいす》張りのように軋みを伴っていた。私がかつて使っていたカラーボックス。そこには別の名前のテープが貼られ、砂で汚れた道着や足袋が無造作に突っこんである。空いていた一番下のボックスを拝借して袴姿で道場に戻る。すでに的を立て終えた蓮池さんが道場入口の上部を眺めていた。

「お待たせしました」

蓮池さんの視線の先には、巣立っていった部員たちが残した板札が並べられていた。私は懐かしさに頬を緩めながら三段目を指差す。

「あそこに私の板札があります」

「本当じゃ。先崎先生は字が下手じゃねぇ」

「私よりも字が下手な部員もたくさんいたんですけどね」辛辣な評価に苦笑が漏れる。

「そいつらは違う板に書き直したり、うまい奴に代筆してもらったりしていました。私一人が悪筆なわけじゃありません」

「ほうかほうか」

負け惜しみだといわんばかりの物言いに頬を掻くしかなかった。蓮池さんはガハハと豪快な笑い声をあげた。そこには診察室では見られない蓮池さんがいて心が洗われるようだった。


私が的前で射を披露する際、蓮池さんは上座で正座して射を見守ってくれた。

一本引くごとに蓮池さんは身を乗り出し、真剣な眼差しで矢が刺さった場所を確認する。その厳しい眼つきは審査前哨戦《ぜんしょうせん》のようだ。披露した射の内容は悪いものではなかった。二本引いて、一本はぎりぎり九時に収まり、一本は六時に外した。

一通り引き終わったところで意見を求めた。

「どうでしたか」

「いやあ、感心しておったのよ。参段も期待できるかもしれん。さすがは烏山先生に指導してもらっているだけのことはある」

「ありがとうございます」

「欲を言えば、もうすこし『会』が長いと良いかもしれん」

「『会』ですか。分かりました」

烏山先生にも同じことを前回の指導で指摘されていた。過ちを繰り返してしまう自分の弱さに辟易する。

「しかし若さとは羨ましかねぇ。射に力が漲《みなぎ》っておる」

蓮池さんはそこで入口横のクリップボードを見遣った。そこには市民大会のお知らせと部活予定表、そして審査の学科試験の問題をまとめたプリントが画鋲でとめてあった。

「どれ、今度は学科を試してやろうかね。先崎先生、あんたが弓道を始めたきっかけは」

「あれ、そんな項目がありましたっけ」

「細かいことは気にしなさんな」

蓮池さんの顔にはいたずらな笑みが浮かんでいた。私は蓮池さんの無茶ぶりに悩みつつ、頭に浮かんだ想いをそのまま口にした。

「『医者の医のなかに矢が入るから』でしょうか」

「その心は」

「医の字はまるで、矢が的を突き破ったのを横から窺っているような形をしています。それに弓道の精神は大いに医道の精神に繋がるものがある。私はそこに魅了されたのかもしれません」

蓮池さんは真面目な顔で聞き入っていた。

「なんじゃあ、学科も準備万端かいな」

「即興でまとめてみました。それでは蓮池さん。今度は私から質問させてください」

私は愛用の弓を立て掛けて蓮池さんに向き直った。嘘が苦手な私は真っ向勝負でいこう。そう決めていた。

「なぜ蓮池さんは、手術を拒否なされるのですか」

簡単にほどけそうもない沈黙が弓道場に落ちた。私は敢えて沈黙に身を任せるように上座に正座して弓懸の紐を外した。

裏山に茂る櫟《くぬぎ》の梢《こずえ》で羽を休めているのだろうか、シジュウカラの高い鳴き声が沈黙を埋めてくれた。私は矢拭きを持つと柏手《かしわで》を鳴らし、雪駄を引っ掛けて矢道を渡っていく。

やはり無理があったのかもしれない。戻っても沈黙が続きそうなら、さっきの質問をごまかしてしまおう。私は的と安土に刺さった矢を抜きながら自省していた。尋ねるタイミングを間違ったのかもしれない。

道場のあがり框に腰掛けて矢先を拭いていると、蓮池さんがぽつりと零した。

「儂は、矢のように飛んでいきたいんじゃ」

私は振り返りかけたが途中で止めて首を戻した。振り返らない方がいい。そんな気がした。

「どういうことでしょうか」

「儂の父ちゃんや母ちゃん、そのまた前の父ちゃんや母ちゃん。儂の家系にはな、たくさんおるんじゃ。儂と同じ病気であの世に逝ったご先祖様が」

私は矢を拭き続けた。相づちを打つでも同意するでもない、ただそこにいるだけの存在になろうと努力した。

「三カ月前、儂の兄がご先祖様たちと同じ病で鬼籍に入った。儂は悲しかった。当然、悲しかったんじゃ。じゃけど同時に安心したんじゃ。やはり儂たちは家族じゃと」

一度零れだした想いは、立板に水が流れるがごとく吐露されていく。

「儂はな、嬉しいと思っちょる。儂にも同じ結末が用意されておることが。自分が兄と同じように死ぬんじゃと思うと最初は怖くて叫びたかった。じゃけどな、いつのまにか、それでええかと思えるようになった。ご先祖様たちが代々通ってきた道じゃ。家族も通った道じゃ。そうだとしたらなにを怖がることがあるんじゃろう。儂らの家系はずうっとそうやってきた。この道の先には多くのご先祖様がまっちょる。だったらなにも怖いこたぁない。怖くはないとよ。なあ、先崎先生」

私はゆっくりと振り返る。そこには希望も絶望も超え、ただあるがままの生を抱擁する一人の人間がいた。

「世の中や自然は巡るもんじゃ。儂はずっと檜やら杉やらの棺に納められる人たちを見送ってきた。そこにやりきれない想いを閉じこめてきた。けどな、棺も亡骸もいずれは土に還る。それが儂らの立つ地面になるんよ。その上では人が一生懸命に生きちょるわ。植物も動物も楽しく暮らしちょる。それでええ。それでええのよ。いずれ儂も土に還る。儂はお迎えが来るその日まで、矢のようにまっすぐ、弓職人として人生を全うしたいとよ」

私は弓道部の庇屋根の向こうに広がる、高くて蒼い空を見上げた。傍にいるはずの蓮池さん。その距離はとても近いはずなのに果てしなく遠い。

蓮池さんは確認したかったのだ。脳動脈瘤という家族の絆を。

それを確認した蓮池さんは自分の命の意味と安らげる場所を見つけた。蓮池さんは自分の病に、家族の絆や見送ってきた多くの命の輪廻《りんね》を結びつけたのだ。

私は雪駄を脱いで道場にあがった。矢を持ったまま上座に腰を落ち着ける。私を見つめる視線。それはどこまでも優しい。

「蓮池さん。私はですね」

これから私が伝えることは、蓮池さんの想いを穢《けが》すだけかもしれない。けれど私は伝えずにはいられない。なぜだろう。私が医師だからだろうか。違う。これは職務の話ではない。もっと心の奥の、根源的な泉から湧く想いだ。

「弓道で好きな瞬間があるんです」私は努めてゆっくりと綴った。

「それは白熱した試合で生じます。チームや個人の意地と意地がぶつかり合い、激しく鬩《せめ》ぎ合う戦いを前にするとだれもが応援します。手に汗握り、頑張れと声を嗄《か》らします。ですが戦いが進んでいくと、すこしずつ、興奮の波は静寂へ変化していきます。寄せては返すさざ波のように、観客は応援をやめて息を呑み、そしてついに、その瞬間が訪れます」

それは観客の視線が射場に交差するなかで生じる瞬間だ。

「射場以外の射手を含め、だれひとり物音を立てずに声も出しません。あるのは能動的な沈黙だけです。その瞬間に私ができること。それは応援する射手が静寂を切り裂いて、的に矢が刺さる音を響かせることを祈るのみです」

けれども今。人生という名の射場に蓮池さんが立ち、自分のすべてを矢に託して最後の的を狙うというのなら。

「蓮池さん。私は、あなたが矢のように飛んでいく姿を、ただ観客席に座って見届けることしかできない、そんな非力な存在でしかないのでしょうか」

どうか手術を受け入れてほしい。私は祈りを捧げながらゆっくりと視線を上に戻した。

そこには笑顔があった。すべての不浄を包みこむような、今という瞬間に微笑む笑顔。私はその笑顔に問いかける。

蓮池さん。どうすれば私は、あなたのように、今に微笑むことができますか。

「先崎先生。あんたは変わりもんやね」

「そう、でしょうか」

蓮池さんは私の横に腰を下ろして眼を瞑る。

「先崎先生。最近の患者は医者に文句ばっかり言うやろう。それはね、先生に構ってほしいからやとよ。優しい言葉で心に触れて、慰めてほしいからやとよ。昔の医師先生たちはそれをしてくれちょった。それを儂たち患者は魔法って呼んだわ。先崎先生、あんたは昔の先生みたいに患者をちゃんと診て、心を痛められる人かもしらんね」

気の利いた返しもできない私の肩に、蓮池さんは無骨な手を添えた。

「先崎先生。あんたは大丈夫。そのまま進みないね」

優しいだけでは駄目なんだ。

それだけでは、蓮池さんを救いたいという想いは叶えられない。

為す術《すべ》無く安土へと逸らした視線の先。そこには矢道に迷いこんだ一匹のモンシロチョウがいて、矢道でひらひらと舞うようにして踊っているのだった。

綾はあのお参り以降、塞ぎこむことが多くなった。食事もろくに喉を通らなくなった。なにか食べられそうなものはないか尋ねても「いらない」と蚊の鳴くような声をふりしぼり、毛布に包まったまま顔もろくに見せなくなった。

私は外食やコンビニで食事を済ませるようになった。水道水につけたまま放置されていたヨーグルトやフルーツゼリーの容器を処理してシャワーを浴びる。曇った鏡に映る自分に生気はない。特段することもなく、報道番組を眺めながら缶ビールを空けた。部屋の隅に放置されたキャンバスが虚しい。ここ最近で書き足されている雰囲気はない。このまま永遠に完成しないかもしれない。

なにもかもが停滞してきている。はっきりと自覚しているのだけれども、打破する術がみつからない。けれども行動しなければなにも変わらない。

私は自分ができる最善を尽くすことにした。市の弓道場に赴き、最後の追いこみを掛ける。

「先崎さん、すこし休憩されてはいかがですか」

審査前の最後の練習、黙々と引き続ける私を心配してか、帰ろうとしていた年配の女性が声を掛けてくれた。

「かれこれ二時間は引きっぱなしですよ」

我に返ると左の掌がピリピリと痛むことに気がついた。調べてみると小指と薬指のタコが潰れて皮がめくれていた。しばらくは消毒用アルコールで地獄をみることになりそうだ。

「もうすこしだけ。もうすこしだけ練習して帰ります」

私は自分のカバンから絆創膏とテーピングを取り出して応急処置をするとすぐさま練習を再開した。今の私が拠り所にできるものは弓道しかなかった。

しかし迷いは弓を伝って矢へと乗り移る。

つい先日まで的中が続いていた私の矢が、的まで届かずに地面を擦るようになった。

烏山先生の御指導を頂けない私は改善を求めて矢数を重ねた。すると余計に射形が崩れる。そこに無理な修正を加えるとさらに的中が遠のいた。悪循環に嵌《はま》っている。休んだほうが良い。頭では分かっていた。

けれども私はブレーキを掛けることができなかった。

止まっていることがなによりも怖かった。


そうして一週間が経過した水曜日の朝。週末に参段審査を控えたその日。朝の回診を前に、昨日の晩の緊急手術について当直医師から引き継ぎしていた折、恐れていた事態が現実になったことを知る。

「昨日の晩に運ばれたのが七十八歳、男性の蓮池柳太郎さんです。脳動脈瘤破裂によるクモ膜下出血で緊急手術となりました」

視界に靄が掛かって輪郭が歪《ゆが》んだ。眩暈にも似たふらつきを覚えた。座っているのがやっとだ。蓮池さんの名前が集中治療室に刻まれている事実がまったく頭に入ってこない。これは夢だろうか。だがカルテには経過と手術記録が詳細に記されている。なんとか一命はとりとめられたことだけは理解できた。けれども現在も意識が戻らない状態で人工呼吸器に繋がれているそうだ。

不快な動悸がうねるように立ちのぼってきた。口のなかの水分が蒸発して声が出ない。私は手術後に撮影された画像をクリックした。どうか最小限の被害であってくれ。だが祈りは届くことなく墜落する。

様々な角度で撮られた脳画像では広範な損傷が認められた。特に損傷がおおきいのは左半球前方の前頭前野。そこにあるのは運動中枢。つまりは、蓮池さんの利き手である右側を動かす脳神経。

弓職人として生きていくために絶対的に必要な、利き腕の機能が損傷している可能性が高い。

「先崎先生。どうしましたか」

「……すこし時間をくれ」

私は当直医が後輩であることに甘え、気持ちを整理するためにスタッフルームから距離を置いた。面会時間前でだれもいない待合室。その奥のパイプ椅子の背もたれに身体を預ける。やがて私は顔を覆った。

蓮池さんを弓道場で見送ってから、まだ一週間ほどしか経っていないじゃないか。なんでこんなことが起こるんだ。

「……はは」

自業自得というべきか。私は狂気に溺れて笑いがこみあげてきた。真正面から立ち向かうには現実があまりに残酷すぎて、まともな感性では暗い感情のうねりに呑まれしまいそうだった。

やがて自分の顔に置いた手から鉄の匂いが立ちのぼってきた。なまぬるくどろっとした紅い液体がペンキのような粘度で白衣を汚していく。世界からなにもかもの輝きが消え失せる。すべてはいずれ灰燼に帰す。百年後にはどうせだれもいない。

それなのになぜ、人間は足掻くのだろう。

自分の頼りない指の隙間から命が零れるたび、ひたすら想う。

命は何処《どこ》からきて、何処へいく。

「先崎、なにをしている」

今日のオペの執刀医である葛西准教授が私を呼んだ。

「そろそろ麻酔が掛け終わるころだ。手術が始まるぞ」

「はい」

私の身体は機械的に立ちあがった。もし振り返ったならば私の心が血を噴き出して椅子のうえに転がっているのが見えただろう。心と身体は容易に乖離《かいり》する。

まっさらな白衣に身を包んだ空っぽの私は、だるい足取りで手術場へと向かった。

今日のオペは、左の内頸動脈と後交通動脈のあいだに発生した脳動脈瘤のクリッピング手術。予定時間は五時間。オペの始まりは頭部固定装置で頭部を固定、切開部に水性ペンで印を付ける。感染予防のために頭髪をバリカンで剃る。メスで手早く皮膚と結合織を切開。出血は電気メスで焼灼《しょうしゃく》していく。硬い帽状腱膜《ぼうじょうけんまく》へ到達したら頭蓋骨から引き剝がす。剝離《はくり》が済んだら頭蓋骨にドリルで穴を穿《うが》ち、硬膜を押しやりながら頭蓋骨を取り外す。するとピーナッツの薄皮様の硬膜が見えてくる。次は硬膜に糸を通す。

それから――

「先崎。聞いているのか、先崎」

私は顕微鏡のレンズをじっと覗き続けた。感染予防で二重にはめている手袋を叩かれて初めて自分が呼ばれていることに気づく。

「はい、なんでしょう」

「先崎。今すぐ手術場から出ていけ」

葛西准教授がサージカルマスクとキャップの隙間から私を睨みつけた。脳外科用の細いピンセットを看護師に返しながら言い放つ。

「集中力を欠いた助手など不要だ」

「申し訳ありません」そこで初めて自分の失態に気がつく。

「気を引き締めなおします。このまま続行させてください」

「聞こえなかったか。私は邪魔だと言っている。森上、すぐに手洗いして助手に入れ」

「は、はい」

私の後ろで術場モニターを見ていた森上が背筋を伸ばして手術室を出ていった。

居竦《いすく》む私は手術器具やモニター、様々な配線に囲まれた手術場をあらためて見渡す。

手術機器の受け渡しや物品の出し入れを行う看護師、患者の呼吸・循環を預かる麻酔科医、機械設定を行う臨床工学技士、そして執刀医の葛西准教授に至るまでが細心の注意を払って業務に徹《てっ》していた。

集中していない者など、一人しかいない。

「申し訳ありませんでした」

無用の長物の私は手を下ろしてガウンを脱いだ。手術室の近くで手洗いをしている森上にすまないと謝罪したら「葛西准教授のオペを近くで見られるのでラッキーですよ」と歯を覗かせた。後輩の心遣いに感謝して医局へ戻ることにした。

だが私の足は意思に反してとある場所に向かった。そこでは多くの医師や看護師が命の炎を絶やさないようにめまぐるしく動き回っていた。そこは集中治療室だった。

医療カートを運ぶお団子頭の看護師から不審な目で見られているのは知っていたが、それを振り切って蓮池さんの病室へ向かう。そこはあまり日当たりが良くない、西向きの部屋だった。遮光カーテンの隙間から、たくさんのモニターに囲まれた蓮池さんの姿が見えた。それ以上近づくことができなかった。室内には寝ずの番をしている奥さんと息子さんの姿があった。奥さんは身を屈めるようにして蓮池さんの腹部あたりをなでているが、時折震える口元にハンカチを当ててはらはらと涙を流している。息子さんはただただじっと蓮池さんの姿を眼に焼きつけているようだった。

私はなにも声を掛けずにその場を去った。

手術は予定より二時間も早く終わった。医局で術場モニターを確認していたが、葛西准教授の手さばきは流石の一言で、静脈が邪魔して難しいはずの脳動脈瘤に造作もなくクリップを掛けてしまった。それからの処置は森上に任せて葛西准教授は一足先に医局に戻ってきた。マスクの紐痕が頬に浮いている。

「本当に、申し訳ありませんでした」私は開口一番に謝罪した。

「医師としてあるまじき行為でした」

「先崎。話は後だ。まずは座らせてくれ」

葛西准教授は手に院内コンビニのレジ袋をぶら下げており、空いている手でソファを指差した。私は指示に従って机越しに向かいに座った。葛西准教授は袋から二本の缶コーヒーを取り出して机に並べた。

「どちらかをゆずろう。好きなほうを選べ」

「ありがとうございます。こちらで」

私は一礼して手前の缶を自分の側に引き寄せようとして顔を顰める。まだ滴っていた雫が皮の剝けた左手に染みた。葛西准教授は私の反応に気がつくことなく自分の缶のプルタブに指を掛けた。

「先崎。謝罪すべきは私ではない。注意散漫なおまえに命を預けたオペ患者にだ」

「ごもっともです。なんと謝罪すればいいか」

「気にしていたのは、蓮池殿のことか」

「葛西准教授は、なんでもお見通しなのですね」

私は缶の滑らかな表面を撫でながら項垂れた。

「そうです。今日の朝からずっとそのことばかり考えていました」

「もしも手術の説得ができていたなら。そのように自分を責めているのではないか」

「はい。無理にでも説得すべきでした」

自分を抑えつけていた理性の堤防が決壊するのを自覚しながら、ずっと黙っていた本音を吐露した。

「そうすれば蓮池さんがこのような悲惨な目に遭うことはなかったんです。脳動脈瘤が家族の絆だなんて。そんなの馬鹿げている。命を落とすような病気で繫がる絆なんて、そんなこと」

「先崎。そこまでだ」

「葛西准教授。私は」

私は患者をみすみす見殺しにするために、医師を志したわけじゃない。

その言葉を続けようとした私に、葛西准教授は厳しく言い放った。

「蓮池殿は自分の生き様を貫いたのだ。その行為にけちをつける権利など、おまえにはない。患者は医師の情熱の捌《は》け口ではないのだ」

その言葉が、私の両肩にどこまでも重くのしかかる。あまりの重さに身体がバラバラに砕けて、二度と立ち上がれなくなってしまいそうだ。

「蓮池殿を救いたいと願ったことは分からぬでもない。だがこの結末は蓮池殿が望んだのだ。おまえは最後まで蓮池殿に寄り添った。それだけでは足りぬのか」

鳴り止まない動悸。それを抑えつけるように胸のなかほどに自分の手を置く。

なぜ私はこんなにも、弱い存在なのだろう。

五

そして訪れた審査当日。袴姿の私は静かに自分の順番が回ってくるのを待っていた。地方審査では無級者から審査が始まる。必然的に参段審査まで時間が掛かる。今回は受講者数も多く、参段の実技審査が午後になるのは確実だった。

学科試験を終えた私はガラスで隔てられた観客席から無級の中学生の射を眺めていた。まだ板についていない袴姿の彼ら。次から次へと入場しては矢を放って退場していく。型にとらわれない、溌剌《はつらつ》とした魂がそこには宿っている。

私はそっと上座の前に設置された審査委員席を見遣る。そこに烏山先生の姿があった。しかしその姿を認めても、緊張が強められることも闘争の炎が燃えあがることもない。

私はなぜ、ここにいるのだろう。

現実と精神のあいだに見えない膜が張られたようで、私の心は正常に機能していなかった。安土と射場を繋ぐ薄明かりの渡り廊下で出番を待ちながら答えのない問を繰り返していた。

午後の部に入る前にお昼休憩を挟み、審査は弐段、参段審査へと運ばれていく。そして控えに待機する時間になる。右手に弓懸を差して二本矢を携え、左手に弓を握った。

退場口前の控え室でパイプ椅子に座っていると退場してきた選手とすれ違う。退場口から完全に出てしまうまで指の一本一本に張り詰めた緊張は、審査員から見えなくなると吐息となって出ていくようだった。けれども今の私には緊張することさえ難しい。眼を閉じてひたすらに出番を待つ。

私はなぜ、ここにいるのだろう。

「それでは、第一控えにお進みください」

晴れの舞台が近づいていく。一緒に審査を受ける方々にお願いしますと挨拶して入場の構えをとる。私は先頭から三番目だ。

「それでは、入ります」

「お願いします」

合図の後、一番前の射手が大きな一歩を踏み出す。私の前にいる射手もそれに続く。次が私の番。私も審査開始の一歩を踏み出した。照明に照らされた射場は新世界のように眩しく、空気には緊張感が漲っている。だがそれをあくまで感じるだけで我が事と捉えることはできなかった。

私はなぜ、ここにいるのだろう。

もはや呪いのようにつきまとう問を振り払うことはできず、私は空っぽのまま審査本番を迎えた。

「今回の参段審査の結果は厳しいねぇ」

武道場前に貼り出された合格通知を眺めていた人だかりから、そんな声があがった。参段審査には八人が挑み、全員が『止』という悲惨な結果になった。

今回の地方審査で、参段合格者は出なかった。

本来なら私は合格不合格を確認する必要さえなかった。二本とも外してしまっていた。それだけではない。射もまるでいいところがなかった。左手の押しは弱く、あんなに練習した『離れ』はまったく良いところがなかった。講評を聞きにいくこと自体が憚《はばか》られる内容だった。

しかし今回の審査員のなかに烏山先生がいらっしゃったので、挨拶なしに帰ったとあっては失礼千万にあたる。私は弓道場の退場口で先生がお出ましになるのを直立不動で待ち続けた。烏山先生は講評を聞きにきた学生に手《て》ずから助言なさっていた。やがて人波が切れたところで、ついに私は烏山先生と対面することとなった。

「このような結果になり、申し訳ありませんでした」

あまりの不甲斐ない結果だったので、どんな謝罪の言葉も意味を成さなかった。下げた視線の先に映りこんだ烏山先生のまっさらな足袋の白さに目が眩む。

「粗末な射をしてしまいました。どこが悪かったでしょうか」

「すべて、だ」

勇気を持って顔をあげると厳しく唇を結ぶ先生がいた。眼鏡の奥の瞳は深い色を湛《たた》えている。

「今回の先崎くんの反省すべき点。それはすべてだ。入場の一歩目から君の身体はすでに死に体だった。一つ一つの動作に息が通っていないんだ。ただこなしているだけ。私は入場の一歩目で『止』の判定を下した。これはおそらく他の先生も同じだっただろう」

「申し訳ありません」

「先崎くん。なにがあった。きみの持ち味はまったく活かされていなかった」

私は黙っていることしかできなかった。烏山先生は弁明の猶予《ゆうよ》を与えてくれたが、今の私には期待に応える覚悟も弓を続ける意義も見失いかけていた。

私はなにもかもが中途半端な男だ。このままあれもこれも欲張ったところで大成することなく、大切なものが零れ落ちていくだけ。それならば早く決断したほうが良い。

綺麗な想い出として弓道人生に幕を引くのも、悪くない。

「烏山先生。私は弓道からすこし距離を置こうと考えています」

「なぜだね」

「私にとって弓の道はあまりに険しく、荷が重い」

烏山先生はなにかを仰ろうとしたが、別の審査委員の先生から声を掛けられ頓挫《とんざ》する形となった。隣で拝聴する限り、どうやら審査委員長からの総括があるらしい。

烏山先生は一言だけ残して踵《きびす》を返した。

「もしもふたたび弓の道を歩もうと決意したその刻は、また一から鍛えなおしてやる」

当の本人よりも悔しさと失望が滲んでいる背中だった。それは身に余る幸福ではあるものの、すでに進退を決めた私にとっては、もはや不要のものだった。

渡り廊下に置いていた荷物をまとめ、審査を受けた方々と一緒に階段を登った。みなが厳しい結果に打ちのめされていたが、その反動をバネに飛躍しようとしているのが一挙手一投足から感じとれた。

「それでは先崎さん。また次の審査でお会いしましょう」

「ええ、それでは」

その機会は訪れないけれども表面だけ迎合して、私はついに一人になった。悔しい境地にすら立てない空っぽの自分。夕飯の弁当でも買って帰ろうと雪駄を玄関に置いたときに横から声を掛けられた。

「先崎さん、ですか」

隣を見遣ると、青い弓袋に包まれた弓を携えた作業服の人物が立っていた。私は上体をあげて瞠目《どうもく》する。

「あなたは」

「お久しぶりです。蓮池弓具店の蓮池　武彦《たけひこ》です」

審査でも躍動しなかった心臓がおおきく脈打つ。私は急いで身を翻《ひるがえ》した。

「柳太郎さんの突然の不幸、心中お察しします」

「親父のこと、ご存じでしたか」

素直に頷こうとして、私が検査に関わったことは内密にする約束だったことを思い出す。

「ええ。風の噂で聞きました」

「俺もまだ実感が湧いていないんですよね。いきなり仕事場で泡を吹いてぶっ倒れたから。まさかこんな厄介なことになるなんて」

「こちらへは、審査委員の先生方へ挨拶するためにいらしたのですか」

「いいえ。先崎さん。俺はあなたに逢いに来たんですよ」

予想もしていなかった返答に、私はぽかんと口を開けておうむ返しをする。

「私に、ですか」

「ええ。あの頑固親父が竹弓を託した相手が、どんな人だろうかと気になりましてね」

そう言いながら、武彦さんは右手に握られた弓を差し出した。

「親父から『これを先崎という奴に持っていけ』と頼まれていたんですよ。忙しかったんで『自分で持っていけよ』と言い返したんですが、なにぶん聞いてくれない性分でね。今思うと自分の身になにかが起こること、薄々感づいていたんじゃないかなぁ。親父の勘は良く当たるんですよね。競馬で万馬券をなんども当てちゃうんですよ」

私は差し出された弓を受け取ることができなかった。だれが受け取ることができるだろう。参段にもなりそびれた若輩者が、弓作りの名士の一品を頂くなど。

「私には、受け取れません」

「先崎さん、あなたのお顔を拝見してピンときました。あなたはたしか以前にお店に来ましたよね。俺の記憶が正しければ、ご職業はお医者様だったはず。あなたはなにか知っていたんじゃないですか。親父の病気のこと」

私は口を噤んだ。それに答えることは柳太郎さんの信頼に悖《もと》る行為だったから。

すると武彦さんのズボンから着信音がした。彼はそれを確認すると、私の手を取って弓を無理矢理握らせた。

「まあ、そんなことはどうでもいいか。先崎先生。いずれにせよ、これはあなたの物です。不要なら売るなり捨てるなり、風呂の湯を沸かす焚き木にでも使ってください。ただ一つだけ。その竹弓にニスを塗る親父の手つきは、いやに真剣だった。それだけは伝えておきます」

武彦さんはそれだけ言い残すと、役目を終えたかのように颯爽と帰っていった。私の右手には弓が残された。弓袋の紐をほどいてみる。そこから出てきたのは、私が憧れてやまなかった、蓮池さんお手製の竹弓だった。


私は宮崎大学医学部の弓道場に正座して、沈思黙考《ちんしもっこう》していた。吹きぬける風がそっと頬を撫でる。年月の経過で深みを増していく道場の香りに包まれながら、静まりかえる夜を吸いこんだ。閉じていた瞼をゆっくり開く。そこには滑らかな曲線美と豊かな光沢を誇る竹弓があった。

私はその弓に触れたい衝動に駆られている。

審査が終わる頃には、弓道から引退しようと決めていたはずだったのに。現実と自分を隔てていた薄膜を、蓮池さんの息子である武彦さんがいとも簡単に破いてしまった。

私は高ぶる気持ちを抑えるべく、全日本弓道連盟編の弓道教本に手を伸ばした。橙色の背表紙をなぞりながら射法八節の項目を追っていく。すると『離れ』の章の文面に眼が止まった。そこには『会』と『離れ』の項目を会者定離《えしゃじょうり》という言葉で説明していた。

『離れ』は『会』からの一連の流れであり、離すのでもなく離されるものでもない、機が熟して自然に離れるもの、と記されていた。

私の胸に熱いなにかがこみあげた。それが目頭まで達しそうで、やむなく教本を上座に置いた。すると教本の表紙は折り目がついた箇所までめくれる。そこには審査前講習で群唱する文章があった。

礼記―射義―

射は進退周還《しゅうせん》必ず礼に中《あた》り、内志《うちこころざし》正しく、外体直《そとたいなお》くして、然る後に弓矢を持《と》ること審固なり。弓矢を持ること審固にして、然る後に以って中ると言うべし。これ以って徳行を観《み》るべし。

射は仁の道なり。射は正しきを己に求む。己正しくして而して後発す。発して中らざるときは、即ち己に勝つ者を恨《うら》みず。返ってこれを己に求むるのみ。

「射は仁の道、か」

その節を口ずさむと、蓮池さんとのやりとりが蘇って胸に迫った。医者の医のなかに入った矢の文字。そして蓮池さんが語った医師が患者さんに掛ける魔法。その二つの手の内にあるもの。

私は傍に置いていた弓懸を右手に差し、左手で竹弓の握り皮を握った。もう何年もこの竹弓で引いてきたかのように握り皮は手に馴染んだ。私は矢筒から一本の矢を取って射場に立つ。矢束だけ足を広げて弦に矢を番えて顔向けする。月が見守る暗闇のなかで心は凪いでいた。夜半に鳴くオケラの叫びは遠い。

私は手の内を決めると、顔を的に向けてゆっくりと弓矢を掲げる。左手は的に向かって押し進め、右手はおおきく弧を描いて弦を引いていく。押しよせる雑念を振り切って狙いを定める。的は微動だにせず、ただじっと鎮座していた。

竹弓に割って入るように身体に近づけていく。右の口角に矢が到着する。竹弓が戻ろうとする力と、伸びようとする私の力がぶつかりあう。

動的な静止状態の『会』が訪れる。

私は的への執着を捨てて呼吸を静かに鼻から喉、胸から腹、そして臍下の丹田へと収めながら機が熟すのを待った。やがて眼に映る万物が動きを止めた。世界から刻が失われたかのように静寂が満ちる。

そこに一陣の強い風が吹いた。風は矢道を駆け抜けて裏山の杉をさざめかせた。さざめきはいつかの言葉になって意識の表面を撫でた。

「先崎先生。あんたは大丈夫。そのまま進みないね」

弦を捻っていた右手が自然と弦から離れた。まるで朝露が葉の表面をすべって葉末から零れるかのように。

打ち出された矢は脇目も振らず、的に向かって一直線に飛翔した。そして静寂は切り裂かれて的中音が夜の帳《とばり》を揺らした。矢は寸分違わぬ正鵠を射抜いていた。その的の向こうに蓮池さんの微笑みが見えた。涙が目尻を伝いながらも『残心』はやめなかった。ゆっくりと弓を畳んで射位を退場する。退場したら最後、もう涙を止めることはできなかった。

弓の道が、果てしなく続く仁の道というのなら。

医の道もまた、人と人が織り成す、仁の道なのだ。

六

時間は留まることなく流れていく。

やがて傷口から流れる血は止まり、痛みを連れてきた傷跡も癒えていく。

焦りや戸惑いがなくなることはない。

けれども私は、どうにかこうにか、生きている。


「先崎先生。わたしは医学部に来ちゃいけなかったんです」

「どうして、そう想うのかな」

「だってわたしは、まわりのみんなみたいに、頑張れないから」

おかっぱ頭の女の子はそう言うと、肩を震わせるようにして大粒の涙を流した。

私がポケットに折り畳まれたハンカチを手渡そうとしたけれど、女の子はすぐ側にあったティッシュに手を伸ばしたので不要となる。

私はボールペンを手放して、彼女の名前が書かれた紙を裏返した。

今日は年数回に分けて行われる医学部生の面談の日だった。文面だけみると堅苦しいけれど実情は楽しいものだ。医学部生の近況を聞いて困ったことがないかチェックするというだけ。臨床の医師と学生とを橋渡しするという意図があるらしい。

学生によっては人見知りが激しく、尋問のようにこちらが根掘り葉掘り尋ねないと指定用紙を埋められない場合もある。けれども彼女の場合、私のことを信頼していろいろと話してくれるので心地よかった。喧嘩ばかりしてしまう兄がいるとか、最近話題になっているネットドラマの女優がとても可愛いとか。些細な日常に感情をこめて表情豊かに話してくれる。この屈託のなさがあればどこにいても輝けるだろうな。天性の資質とも呼べる才能に羨ましくなりながらも、話題を医学実習に移した途端、雲行きがいきなり怪しくなった。くるくると風車のように回っていた舌の調べがピタリと止まり、そのまま土砂降りとなったわけだ。

「どうしたんだい。なにか勉強で困っていたことでもあったのかい」

今の彼女に必要なのは効率的に英単語を頭に入れる方法でも、より良い実習のための技術的アドバイスでもないだろう。

「言いにくいのなら無理しなくていい。そのほかのことを話してくれてもいいんだ。バレーボール部の活動でもいいし、居酒屋のアルバイトでの話でもいい」

彼女はすんすんと鼻を鳴らした後で声を絞り出した。

「わたし、逃げているだけなのかな。いつも不安なんです。だって先生になったら生きている患者さんに注射の針を指すんでしょう。さっきまで楽しく喋っていたおばあちゃんやおじいちゃんにメスを入れるなんて、わたしには、できそうもないな」

彼女が抱えている悩み。それはもしかしたら医学という領域への漠然とした不安なのかもしれない。医学部二年生になると御献体を通しての解剖学実習が始まり、本格的な医学教育が幕を開ける。内容も一般教育からぐっと専門性があがる。待っていましたとばかりに腕まくりして医学の海に飛びこんでいく学生もいる傍で、はたと立ち止まってしまう学生がいるのも仕方がないことかもしれない。

「医師に向いている人って、いないんじゃないかな」

「え、どういうことです」

充血した眼を擦りながら彼女は言う。私はずっと学生の頃からぼんやりと感じていたことを口にした。

「ひとつ質問だけれど、人間の血は赤いよね。それはなんでだと思う」

「赤血球に含まれるヘモグロビンのせいだって、生化学の教科書に書いてありました」

「そうだね。よく勉強しているじゃないか。すこし難しい話になるけれど、ヘモグロビンが発する波長は、網膜では赤と認識されるようだ。自然界で赤は危険色とされる。それはきっと動物にとってすごく好都合だった。自分の身体から血が流れないように大切にするからね」

彼女はへぇっと感心したように前髪を揺らした。

「先生って物知りですね」

「ありがとう。素直に嬉しいよ」私は微笑みながら話を続ける。

「だけど血が赤い理由はそれだけじゃない。血が赤いことで自分の体を大切にするのと同時に、人間同士で攻撃しないようにするための生存戦略かもしれないんだ」

「せいぞんせんりゃくって、なんですか」

「生物が生き残るための作戦のことさ」

私たち人間はほかの生物と比べ、感情を司る脳の部分が特に発達している。人間は自分というものを鏡にして相手の存在を映すことで、自分とおなじように相手が大切な存在だと認識できるようになった。それは信頼の鎖にもなるし呪縛の枷《かせ》ともなりえる性質を秘めている。

「人間は心によって相手を思い遣れるようになった。けれども裏を返せば他人を傷つけることでも心の痛みを伴うようになったんだ。君みたいに感受性が豊かな子は特にね。だから採血とか手術の現場では、敢えて心の働きを抑えこむ必要がある」

「それって、どうやったらできるようになりますか」

彼女はぐいっと身を乗り出した。長い睫毛が蛍光灯の光を浴びてきらきらと輝いている。あまりに顔が接近しすぎていて、だれかが入室してきたら誤解されてしまいそうだ。私はまあまあと彼女を制した。

「焦らなくていいよ。現に君は本能に打ち勝つ術を知っているはずだ。バレーボール部に入部したての頃は、先輩たちからのスパイクを受けるのは怖かったんじゃないかな」

「怖いなんてもんじゃないですよ。最上級生にもなると、踏み台もないのにすっごい高さまでぴょんって飛んで、ズバンって撃ち抜いてくるんですから。最初は怖いし突き指ばっかりだしで、部活辞めたかったなぁ」

「でも一年くらい経つと、返せるようになったんじゃない」

「まあ、一応は」

「それだよ。つまり君は人間に備わっている本能をひとつ克服したんだ」

「私が本能を克服したって、どういう意味ですか」

彼女は困惑しているようだった。けれども彼女はすでに私にできないことを成し遂げている。それにもっと自信を持つべきだ。

「高速で飛んでくるボールの軌道を冷静に予測し、身体の位置を瞬時に整え、両手を使って浮かせるなんて芸当は普通できないんだよ。私だったら身体を守るように腕を巻きつけて防御姿勢を取ってしまうから。けれども君は来る日も来る日もスパイクを受け続けることで、高速のボールが飛んできても防御反応を取ることなく冷静でいられる自由を手に入れたんだ」

「たしかに、そうですね」

「だから恐れることはないんだ。いずれ君は自分の恐怖に打ち勝てる時が来るよ。その時をゆっくり待てばいい。私も学生の頃はそうだったんだから」

「先崎先生が、ですか」

「ああそうだ。採血実習で迷走神経反射を起こして倒れてしまって、保健室で休んだもんだよ」

「なんか意外です。先生なら平然としてそうだから」

彼女は安堵の表情をふっと浮かべた。私の苦い経験談も、笑いの花を咲かせるのに役立ってくれたらしい。そのほかにも困っているものがないかと尋ねたが、彼女は憑き物が取れたように「ないです」とさっぱりと締めくくった。時間を確認するとかれこれ一時間近く経過していた。これ以上遅くなると親御さんが心配するだろう。私はこれで面接は終わりと告げた。見送ろうとした扉の前で彼女は振り返る。栗色の無垢な瞳だ。

「先崎先生。今日はありがとうございました。なんだか先生って、意外に話しやすい人だったんですね」

「意外ってのは、余計だったかな」

「あはは。去年お話ししたときから言おう言おうと迷っていたんですけれど、わたし先生のことが好きみたいです」

さらっと好意の表明をされてたじろいでしまう。彼女は私の反応を見て楽しんでいるようだった。最近の学生は随分と成熟している。

「私はそういう冗談が好きじゃないんだ。あまり大人をからかうもんじゃない」

「冗談なんかじゃありません。先生には今お付き合いしている人とかいるんですか」

すこし情報を集めればすぐに分かるだろうに。あまりの直球さに舌を巻いた。私は自分の首筋に手を添えながらため息をついた。

「付き合うもなにも。私は結婚しているよ」

「そうですか。子供もいるんですか」

ショックを受けているようではなかったことに安心した。答える必要はないとも思ったけれども、好意を表明してくれた相手にはぐらかすのもどうかと思って事実を伝えた。

「……もうすぐ、生まれる予定だ」

「そうなんだ。先生の奥さんが羨ましいなぁ」

彼女は最後の別れ際も「子供が生まれたら抱っこさせてくださいね」と元気にぶんぶん手を振って帰っていった。最近の若者は上下関係を嫌うともいうが、ここまで距離感が近いのも問題かもしれない。またひとつ研鑽《けんさん》が積むことができた。


私は彼女に話をした内容を反芻しながらとある病室へと向かう。

医師に向いている者などいないという事実。それを受け入れるまでに自分は随分と時間が掛かった。憧れに溺れて理想ばかり追いかけてきたから、私の精神は肉体を追い越して、今を生きることを難しくしてしまったのだろう。

自分の弱さや限界を認めることはときに必要なことだ。

自分自身に欠落があるから、私たちは他人を慈しむことができるのかもしれない。

蓮池さんの竹弓で正鵠を射抜いたあの日。

私は肉体と精神が一致する奇跡に触れた。そしてその奇跡は今もこの胸に余韻を残している。私はあるがままの弱い自分を受け入れるようになった。すると背伸びがすくなって地に足が着いた生活を送ることができた。うまく言葉にできないのがもどかしいのだけれど、今という瞬間を大事にすることが多くなったような気がする。

私は目的の病室に辿り着き、一呼吸を置いてからノックする。

「失礼します」

クリーム色のカーテンを開ける。真っ白なリネンが敷かれたベッドの脇で電動車椅子に座って眼を瞑る蓮池さんがいた。窓枠に吊るされた風鈴がチリンチリンと来訪を教えているようだった。

「先崎先生か」

「よく分かりましたね。具合はどうですか」

「まあまあじゃな」

部屋の壁にはお孫さんから送られた『おじいちゃん、はやく良くなってね』のメッセージが飾られ、虹色に組み合わされた千羽鶴がクローゼットの取手に括り付けられている。小型のベッドテーブルには蓮池さん自身が弓を引いている写真が、赤茶色のフォトフレームに収められていた。

「お天道様が沈むわ」

「そうですね」

何気なく交わされる会話。そのちいさな奇跡が心に潤いをくれる。

蓮池さんの脳梗塞からの回復には、目を見張るものがあった。

集中治療室で目覚めたときには言語障害があり、喋り方がたどたどしく聞き返すことも多かった。けれども言語聴覚士さんとの二人三脚の結果、最近では以前と変わりないまでに回復していた。心配した運動麻痺のうち右足の症状は軽かったのも幸運だった。リハビリの効果もあり、身体を支える棒があれば摑まり立ちできるまでになった。このままいけば杖歩行でトイレに行ったり、散歩に出掛けたりできるかもしれない。

ただ――

私は突っ張っている右腕に視線を移す。針金が通っているかのようにピンと伸びたまま腕置きに投げ出されている。右腕の麻痺は深刻で、曲げ伸ばしに働く筋肉が弛緩《しかん》しないまま経過していた。スプーンを紐で括り付けることでようやく食事ができる状態であり、リハビリを頑張れば自由に利き手が使えるようになるとは言えない現状だ。

「また一日が終わりますね」

「病院におると、日が長くてかなわん」

一日の終わりを伝える夕陽が病室を黄金色に染める。昨日の雨の湿気が残っていたのか、初夏色の風には湿り気が混ざっていた。

「もうすぐ梅雨が来るそうです」

「また季節が巡るわ」

額を隠していた前髪がさらわれるのを感じながら一階を見下ろしてみた。ロータリーに停車していたバスが排気ガスを吐いて街へ消えていく。数羽の烏《からす》が夜の訪れを知らせながら寝床へと帰還する。みなが家路へと急いでいた。

「こんな身体で、生き残ってしまうとはのう」

プランターで風に吹かれるブーゲンビリアを眺めていると蓮池さんが呟いた。生き残った哀しみと生きている感慨。相反する感情がいっしょくたになった声音だった。

私は窓枠に手を掛けながら振り返る。

「蓮池さんとしては不服ですか」

「分からん」

蓮池さんはじっと壁紙を睨んでいた。平坦に塗られている模様のなかに答えを探しているようでもあった。

看護師や若手医師から、最近の蓮池さんは笑っていると思ったら急に虚ろな表情で黙りこむことがあると報告を受けていた。精神科受診や抗うつ薬の内服を検討してみたらどうかという意見もあったが、今のところは特別な介入をせずに様子見していた。

「これで良かったかなんて分からん。ただ意識のないときに夢を見たことだけは鮮明に覚えちょる。不思議な夢じゃった」

「夢、ですか。もし迷惑でなければ聞かせてもらえませんか」

蓮池さんはしばらくだんまりを決めこんで語り始めた。

「よく分からんのじゃが、儂は暗い世界を彷徨《さまよ》っておった。右も左も仄暗くて先が見えん。それなのに脚だけが勝手に動くんじゃ。止まれと言うても操り人形のように止まらんのよ。ぼうっと頭は白んでおって恐怖は置いてけぼりじゃ。儂はどこに向かっておるんじゃろう。そのことばかりがぐるぐると回転木馬のように繰り返されておったわ」

「そこにいるのは、蓮池さんおひとりですか」

「いや、辺りにはだれかおった。あれはひとりふたりではなく大勢じゃった。顔を確認したかったが、不思議な力が働いてか無意識が拒むのか、ようしきらんのよ。けれども不思議と安心じゃった。布がしゅるしゅると擦れ、草鞋《わらじ》がざっざと地面を削る音が耳に残っておるのよ」

虚空の闇のなかで導かれるように歩む蓮池さん。そのまわりにはだれかがいて、その集団はまるで運命共同体のように安心をもたらしてくれている。

それはどんな類の安心なのだろうか。

「学生時代の軍事訓練のようでもあったわ。やがて世界はどんどん暗く沈んでいきよった。同時に雑念も振り払われて陶酔に落ちる気分になったわ。まるで弓を造っておるときのように我も彼もなくなって、時間感覚が細い糸を伸ばしていくようにどこまでもどこまでもうすくなっていったんよ。このままでいるのも悪くない。けれどもそこで声がしたんじゃ」

「声、ですか」

「ああ。懐かしい響きじゃった」

蓮池さんは微笑んだ。思い出の写真に眼を細めるような懐かしみが忍ばせてあった。

「最初は喧《やかま》しくて腹が立ったわ。ぐっすり眠ろうとしているのを邪魔するなという具合にな。ところがそれは儂目掛けてどんどん近づいてくる。なんじゃなんじゃと耳を澄ますと動物の鳴き声じゃった。どこか喉を潰したような濁声で、ギャンギャン吠えるのよ」

「それって、もしかして」

話にのめりこんでいた私は息を呑んだ。ゴワゴワとした黄金色の毛並みに、指先が触れた気がした。血色の良い舌で舐められると生温かく、人懐っこさと愛着をその全身で表現している。

蓮池さんの白黒の頭がこくりと縦に揺れた。

「ああ。間違えるはずのない、それは太郎じゃった。気がつくと無数のちいさな光が集まってきて、まるで夜空にきらめく星屑のようじゃった。儂の身長の半分にも満たないそれらが足元をじゃれつくように照らし、帚星《ほうきぼし》のように駆けていきよった。闇を切り裂いた煌めきはいつまでも消えんかったわ。儂は立ち止まって頭を抱えた。どっちに行くべきじゃろうとな。このまま進めば安心じゃが光を辿るのは不安じゃ。途切れない保証はどこにもない。けれども最後には、儂は集団から離れて鳴き声を追ったわ。なぜそうしたのか今でも不思議じゃ。けれども走って追い掛けちょる瞬間は無我夢中で、太郎の名前をずっと読び続けたわ。そして気がつけば病院のベッドのうえで目覚めたのよ」

それはほとんど啓示のようだった。蓮池さんは疲れたように車椅子に凭《もた》れながら言う。

「もはや右腕も動きそうにない。他人様に迷惑を掛け続けることじゃろう。けれども生き残ってしまったんじゃ。まだ死ねんかった。なんでかのう」

「……なぜなのでしょうね」

私たちはぬるい風にただ吹かれながら沈黙を共有した。

もしかしたら太郎くんは、蓮池さんに生きていてほしかったがために、姿形を変えて現れたのかもしれない。私はそんなふうに解釈したけれども、蓮池さんの考えは違うかもしれない。その感じたままの想いを汚さないために沈黙を貫くことにした。

生きることはときに残酷で不条理だ。けれども不思議な温かさもたしかに存在しているから、人は生きていけるのだろう。

やがて蓮池さんは病室を揺らすほどの嗚咽を零し始めた。私は皺と染みが刻まれた右手の甲に自分の手を重ねる。そこには葛藤しながらも歩み続けた歳月がたしかに映っていた。医師という立場を忘れて、蓮池さんを慕うひとりの人間として、私は蓮池さんの傍らに寄り添ってただただ涙を流したのだった。

蓮池さんの部屋を後にした私は別棟の医局へと戻った。

それぞれの予定が書かれたカレンダー。私の予定欄に『有給』と水性の黒マジックで記されていることを確認して研究室をのぞく。様々な薬品が混ざりあった酢のような匂い。試薬やピペットなどの実験道具が乱雑に置かれた部屋の真ん中で、顕微鏡で脳切片を覗く葛西准教授がいた。

「葛西准教授。おつかれさまです」

「なんだ。まだ残っていたのか」

「明日お暇を頂きましたのでやるべきことはやっておこうと思いまして。明日はよろしくお願いします」

観察の邪魔にならないように一礼して出ていこうと踵を返したときだ。

「先崎」

「はい、なんでしょう」

重い扉を開け放ったところで呼び止められ、バランスを崩しながら振り返る。紫色の使い捨て手袋をゴミ箱に捨てながら葛西准教授は言う。

「最近のおまえは以前よりも表情が柔らかくなった。なにか変化があったのか」

「変化ですか」

「ああ。医局員の連中への態度もそうだが、慰安旅行への久方ぶりの参加が話題になっていたぞ。企画した若手どもがちいさな雄叫びをあげていた」

「それは大袈裟だと思いますが」

私は恥ずかしさ紛れに頬を掻いた。先輩として森上にいろいろと助言するうちに、慰安旅行に参加しないと示しがつかないと思っただけだ。それが一大事のように騒がれているとは。そこで私のなかで引っ掛かっていたとある違和感がストンと落ちた気がした。

もしかしたら。森上は私が医局行事に参加するように仕向けるために、あのタイミングで相談を持ちかけてきたのかもしれない。考えすぎかもしれないが。

「私も医局の一員ですから。衝突を必要以上に恐れることなく、歩み寄ることも大事なのかなと考え直した次第です」

「そうか。殊勝な心掛けだ」葛西准教授が私の肩を叩きながら微笑んだ。

「長いトンネルを抜けたようだな」

「どうなんでしょうか」

私は首を傾げるしかなかった。果たしてそうかは分からない。けれども以前よりも窮屈でないのはたしかだ。すくなくとも動悸が生じる機会が格段に減ってきていて、心と体のズレていた歯車が嚙み合ってきている。そんな予感は萌《きざ》していた。

七

「二十八週。元気な赤ちゃんですよ」

綾が緊張した面持ちで診察台のうえで横になっている。真っ暗な診察室に月のようにぽっかりと浮かぶエコー画像。そこにはちいさな生命の拍動がしっかり映し出されていた。

「先生、頭の後ろの項靭帯に石灰化はありませんか」

「ないですね」

「頭まわりの成長は」

「順調順調。いい感じです」

「良かった」

「ほらまた動いたでしょう。この子はとても元気で活発だ」

ダルマ体型の産婦人科医が元気そうに言うと、綾はホッと胸を撫で下ろしたように深く呼吸した。それに応えるように胎児もぴくんと動く。私は膝のうえに置いた両の手を合わせながら穏やかな気持ちで眺めていた。

定期検診を終えて暗転が解かれると、先生は私たちに向かって経過が順調であること、それから安定期に入るものの規則正しい生活をするようにと念を押した。

「これからも油断大敵ですね」

綾はお腹に塗られたエコーゼリーを紙で拭き取りながら穏やかな表情を浮かべていたが、やがて堪えきれずに口を開いた。

「先生。この子がダウン症の可能性はありますか」

そっと隣を窺う。やや大きめの洋服に包まれたお腹。そこに添えられた手は震えているように見えた。

「どうかなぁ。エコーで見た限りでは疑わしい所見はないけれども、絶対とは言い切れないからねぇ」額の脂汗を拭いながら先生は言う。

「羊水検査をすればある程度はっきりするけれど、お腹の赤ちゃんを傷つけちゃうこともあるし、完全に白黒つけられるわけでもないからね。それでも調べたいということなら、やらせてもらいますけど」

あまり突っついてほしくないということは、もごもごとお茶を濁したような説明から充分に察することができた。これまでのあっけらかんとした物言いを鑑みても、保守的態度に切り替えたのは明らかだ。その気持ちは痛いほどよく分かる。赤ん坊は元気に生まれてきますよね。患者は医療関係者から安心を買いたいと願っている。この子を守ってくれますよね。性別は間違いありませんよね。大丈夫、元気に生まれてくるという判子をくっきりと押してもらいたくなる。

 けれどもこの世界に完全が存在しないように、私たちの現実に百パーセントという確定未来も存在しない。それを受け止めるのは、とても不安で恐ろしいことだけれども。


「涼介、どうする」

 判断に困った綾が私のシャツの袖を不安げに引っ張った。彼女の不安は手に取るように分かる。私だって子供が元気に生まれてくるかどうか、気が気ではない。けれどもこの胸にはとある想いが根ざしていて、私は屹然と言い放つ。

「羊水検査は、希望しません」

「あ、そうですか。分かりました」

綾が眉を顰《ひそ》めていたので、私は診察机に隠れてみえない位置で綾の右手を求めた。やがてきめ細やかな肌に触れて、その手を優しく包みこむ。綾もやがて握りかえしてくれた。すこしだけ彼女が元気になったことが温もりから伝わってきた。

昼の海、それも平日の海にやってきたのは久しぶりのことだった。

私は潮混じりの海風に目を細める。おおきなキャンバスに筆を動かす綾の長い髪が遊ぶように揺れていた。やがて梅雨がきて、それが明ければ夏がくる。こんなふうに紫外線の波を恐れることなく、贅沢な気分を満喫できるのも今だけかもしれない。

「最高のピクニック日和だね」

「ああ。眠くなってきた」

子供の成長が順調でホッとしたのもそうだし、仕事を離れてゆったりと時間を送れるのもそう、近くのカフェでハンバーガーを食べてお腹が満たされたのもそうだ。これで眠くないのなら嘘になる。

「最近の涼介って、たまにナマケモノみたいになるよね」

「どういう意味だい」

「完璧主義だったのに、隙を見せるようになったっていうのかな。なんだか可愛い感じ」

可愛い感じか。男としてはあまり嬉しいものではない。ここは否定しておくべきだろうかと思案していると綾に先を越された。

「もしかしなくても、やっぱり落ちこんでいるわけ」

「え、どうして」

「どうしてって。あんなに頑張っていたのに参段審査が駄目だったからかなって」

「ああ、そうだったね」

「『ああ、そうだったね』ってなにそれ。もしかして関係ないの」

「ううん、そういうわけじゃないんだ。なんと言えば伝わるだろう」

まったく関係ないわけではないけれど、あの内容で受かってしまったら拍子抜けもいいところで、その程度の奥行きしかないのなら、私が弓道に惹かれることはなかっただろう。

「落ちたことで見えてきたこともあるというか、余計に弓道を好きになったっていうか。私にとって弓道はすでに自分の一部だから。切っても切り離せないんだってことに気づけたんだ」

必死で形作った言葉だったのに、綾はぷっと吹き出してお腹を抱えた。真剣な想いだっただけにむっとしてしまう。

「笑うなよ」

「ごめんごめん。涼介らしいなって思って。へこたれないというか、ただじゃ転ばないというか」

私はふんと鼻を鳴らして海へ視線を戻した。けれど言い得て妙かもしれない。転んでも立ち上がる強さ。それだけが私の取り柄かもしれない。椎骨が悲鳴をあげるくらいのおおきな伸びをする。

近日中に烏山先生のもとに赴いて謝罪しよう。私はやはり先生から弓道を学びたい。先生のもとで一から自分の射型を見直して基礎をしっかり積み重ねていく。

その先できっと。

私を変えてくれたあの射に、もういちどめぐり逢える。

きっとあれこそが、私が目指すべき正射正中の形なのだ。

弓道の練習がしたくてそわそわし始めた私にふと考えが浮かぶ。

子供が宿る子宮の位置は、弓道における重心である丹田の位置に近い。

ふっと微笑みが零れた。こんなにも弓道の懐は深いなんて、学生の私はちっとも想像していなかった。けれども今なら分かる。私が弓道に惹かれたのはきっと、偶然ではない。

「やっぱり被写体があると筆が進むねぇ」

後ろを振り返ると綾は親指と人差し指の先を交互に合わせるようにして景色をトリミングしていた。彼女だけが持つ魔法のレンズで捉えられる世界。その一端に触れたくて綾の絵を覗いてみる。

そこには水平線と地平線が溶けあう風景が広がっていた。空の蒼色と海の水色がさまざまなグラデーションのなかに存在していた。遠目から見ると境界として一本の線で分かたれているけれども、近くで眼を凝らすと紫や緑などの色合いがところどころに混ざりあって繋ぎ目は見つけられなかった。不思議な印象の絵だった。違う色彩の水彩絵の具が綱引きのように拮抗するのではなく、穏やかな自然が魅せる猛々しさとして調和していた。

キャンバスの下半分にはさらさらと音がしそうな砂浜が広がっている。作りかけの砂のお城や錆びついたスコップ、どこからか流れついた大木やひび割れた貝殻が静寂のなかに散りばめられている。どこを探しても太陽や月、人間は見つけられない。けれども世界はシャボン玉のような光の泡で満ち満ちていた。手を伸ばせばあわい煌めきが肌を包み、さざ波が子守唄のように鼓膜を撫でる。吸いこむ空気はどこまでも澄んでいる。

世界にはじめて生まれ落ちた喜びに産声をあげるかのような感慨が、そこにはあった。

ああやっぱり。付き合いたての頃、綾とこうして海を眺めていたときに彼女が言った言葉が胸に広がっていく。

「宮崎はね、一周遅れのトップなの」

「一週遅れのトップって」

「うん。都市部はどんどんどんどんおおきなビルやマンションが建っていくのに、宮崎はみるみる置いていかれるでしょう。新幹線だってなかなか通らないし。だけどそうやってみんなに追い抜かれても、マイペースでめげずに走っていれば、いつのまにかみんなと一周差がついて、まるで私たちがトップみたいに見えるじゃない。それでいいんだと思うんだ。『宮崎にはなにもない』と言う人もいるけれど、なにもないってことは、すべてがあるってことなんだよ」

私は綾を背中から抱きしめた。制作作業に没頭していた綾だったが、私が背中側から抱きとめたことに驚いて口を尖らせた。

「ちょっと。危ないなぁ」

「綾。伝えたいことがある」

「どうしたの。急に改まって」

私は綾の柔らかい匂いに包まれながら言う。

「これから先もさ、不安な日々の連続だと想うんだ。子供が無事に生まれてきても病気にならないかとか、学校でいじめられないかとか、ちゃんと仕事に就けるかとか」

「そう、だね」

綾はパレットに筆を置きながら返事をした。そして手に持っていたすべてを桃色のコンクリートに手放すと、つむじを突き出すようにしてなされるがままになった。波打ち際では白波がざぶんと水飛沫をあげて砕けた。数羽のカモメが凪ぎわたる青空を泳いでいく。そこには過去も未来もなかった。

あるがままの今が剝き出しになっているだけだった。

「なぁ、綾。どんな子供が生まれてきても、その子を心から愛してあげよう。今がしあわせだって感じさせてあげよう。命が何処からきて何処にいくかとか、どうあるべきかなんて分からない。だから」

「涼介」

綾は私の首元に顔を埋めながら微笑んだ。なんだか悪戯っ子のように笑っている。

「話が難しくて分からないよ。それに早口過ぎるし」

「……ごめん」

「でもね、なんだかすごく励ましてもらった気がする」

綾の微笑みに、またしても救われた自分がいた。私は彼女をそっと抱きしめる。たとえ想いのすべてが伝わらなかったとしても。欠片だけでも届いてくれればいい。

そして彼女のお腹に宿る命を想う。

どうかこの瞬間を。二度とは戻れない今を、大切に使い切ってほしい。

私と綾は重なりあうようにして雄大な自然を一望した。やはりそこにはすべてがある気がした。今を生きる勇気が沸々とこみあげてくる。

いつもなにかに追われている。

私のなかでずっと蟠《わだかま》り続けた不安があった。

けれどもそれは初夏が始まる季節、空と海の彼方で陽炎のように揺らめいて、跡形もなく消えていった。

あとがき

人間には物語が必要なのだということを、つくづく実感する瞬間があります。それは二〇一八年の秋頃のこと。研修医一年目の私は、とある市立病院で一枝さんという患者を受け持つことになりました。一枝さんは大腸ガンのステージⅣであり、余命六カ月と診断されていたのにもかかわらず一年半も長生きされている方でした。

だが運ばれてきたときには慢性心不全が悪化しており、なかなか有効な手立てがありませんでした。それに加えてどこが苦しいか尋ねても「知らん」「分からん」の一点張りで、なかなか真意を悟らせてくれません。そして私が「かずえさん」と呼びかけると、決まって「おれはいっしだ」と名乗るのです。やがてどんどん病状が悪化し、苦しそうにしているのにもかかわらず点滴をすぐに抜いて治療を拒否してしまいます。相変わらず診察の協力が得られないばかりか「おまえら医者は信用ならん。痛いことばかりする」と罵倒される始末。

一体、どうしたものだろう。困り果てた私は一枝さんの奥さんと協議を重ねました。すると奥さんがとあることを教えてくれました。

「先生。『いっし』というのは、夫が俳句をするときの雅号《がごう》なのですよ」

とても意外でした。一枝さんは気難しい印象でいつも足を組んで私を睨んでいたので。やがて一枝さんは食事もろくに取れなくなり、最後の刻が忍び寄り始めました。私は寝る間を惜しんで文献を漁りながら、自分になにができるだろうと考え続けました。

そして私はついにとある決意を胸に一枝さんと対面します。

「いっしさん」

「なんだ」

「実は私、医師の他にもうひとつの仕事がありまして小説を書いているんです。筆名を神乃木　俊というのですが、一枝さんと不思議な接点がありますね。木と枝ですよ」

すこしだけ眼つきが優しくなった気がしました。後に引けない私は言葉を重ねます。

「私はあなたに医師として会いに来るのを止めます。今度からはいっしさんを先生と仰がせてください。言葉という芸術を嗜まれる大先輩として、私の小説を読んで赤ペンを入れてほしいのです。……駄目ですか」

じいっと舐めるように私の顔を観察したあと、一枝さんはぶっきらぼうに「おう」

と応えてぷいっと背中を向けました。一枝さんと意思疎通ができたことが私には嬉しくて、すぐさま小説を印刷して紐で右端を留めると、封筒に入れてお渡しをしました。それを眺めていた奥さんは「良い先生に診てもらって、お父さんは幸せだね」と言ってくれましたが、内心ではそうだろうかという不安が大きかったです。

その日から一枝さんは私の診察を受け入れてくれるようになりました。けれども運命は残酷なもので、それからしばらくもしないうちに慢性心不全は悪化し、呼吸の苦しみを取るために私がモルヒネを処方したその日、一枝さんは不帰の客となりました。早すぎる最期でした。一枝さんが亡くなる前日、私が病棟から出ようとした際に「先生、あんたは偉いよ」と言ってくれたことは、密かな私の誇りでもあります。

決して良い先生ではなかった私だけれど、医師であることと小説を書いていることが結びついたその瞬間は、いま思い出しても胸がじんわりと熱くなります。

一枝さんに小説を読んでもらう夢は叶わなかったけれども、奥様が代わって読んでくださり、「素晴らしい小説でした。弓道の描写がくどいけれど」という、ありがたくも的確な意見を頂くことができたことは、今回の『仁の道』推敲におおきな励みになりました。

草案時の一万五千字から増えに増えて五万字を超える作品に生まれ変わりました。

果たしてどうだったでしょうか、一枝先生。

医師と小説家の両立は、なかなか難しいものだなぁと日々実感します。小説を書いている暇があったら勉強したほうがいいかもしれない。尊敬する先生方にも「辞めるべきだ」と断言されたこともあります。葛藤は尽きません。

それでも。私を心配してくれる先生方には大変申し訳ないですが、小説を書き続けることだけはやめないでおこうと思います。すでに小説は私の一部であり、業のようなものになりつつあるので。

そういう経緯もあり、私はこの小説を平成最後の都城弓まつり全国弓道大会を記念して出版することにしました。多くの方々に手に取ってもらえることを楽しみにしています。

宮崎県出身の小説家は、非常にすくないと聞いたことがあります。まだまだ若輩者の私ですが、いつか小説家の名に恥じないような作品を皆さんに届けられるように努力してまいります。『想像力は創造力』と信じて。

最後になりましたが、今回の出版にあたって多くの方々にご尽力を賜《たまわ》りました。そのなかでも鉱脈社編集担当の藤本敦子さん、第三十二回都城弓まつり全国弓道大会の競技責任者並びに私の弓道師範でもある鳥越和弘先生、配布に協力してもらった宮崎大学弓道部の面々には、この場を借りて感謝の意を表明させていただきます。

平成三十一年三月一〇日　神乃木　俊

[著者略歴]

神乃木　俊（かみのぎ　しゅん）

1991年生まれ、宮崎県出身。宮崎大学医学部医学科に在籍中から小説を書き始めて、2018年『５分後に笑えるどんでん返し』（河出書房新社）の短編でデビュー。また第48回九州芸術祭文学賞の宮崎地区奨励賞に選ばれた『仁の道』を大幅改稿して、同タイトルで鉱脈社から出版に至る。

仁の道

30

二〇一九年三月十三日印刷
二〇一九年三月二十二日発行

著　者　神乃木　俊 ©
発行者　川口敦己
発行所　鉱　脈　社
〒八八〇－八五五一
宮崎市田代町二六三番地
電話〇九八五－二五－一七五八

印刷 製本　有限会社　鉱　脈　社

発掘・継承・創造 ―《いのち》をうけ継ぎ・育み・うけ渡そう―